Geronimo Stilton

LOS CHISTES MÁS MORROCOTUDOS 2

ESPASA

Espasa Libros, S.L., sociedad unipersonal
Avda. Diagonal, 662-664, 08034 Barcelona
www.planetadelibrosinfantilyjuvenil.com
www.planetadelibros.com

Título original: *Barzellette Super-top-compilation. Numero 2*
Adaptación: Manel Martí

Textos de Geronimo Stilton
www.geronimostilton.com
Búsqueda de chistes: Certosina Kashmir, Yaya y Val Kashmir
Ilustraciones de Lorenzo Chiavini
Grafismo de Aurella De Rosa y Michela Battaglin

Primera edición: febrero de 2015
Tercera impresión: septiembre de 2015
ISBN: 978-84-670-4353-2
Depósito legal: B. 115-2015
Impreso por Huertas Industrias Gráficas, S. A.
Impreso en España

ÍNDICE

¿Un libro para reír?

Queridos amigos roedores, todos los libros tienen una historia, y éste también. ¿Queréis saber cuál es? Escuchad con atención...

Era una suave tarde de verano.

El sol teñía el cielo de color rosa, el aire estaba cargado de fragancias florales, una delicada brisa hacía temblar los bigotes de los paseantes...

Ratonia, la gran ciudad de los Ratones, estaba llena de roedores que paseaban felices por las calles del centro charlando con los amigos, lamiendo deliciosos helados con sabor

¡Viva!
¡Yuju!
¡Cuac, cuac!
Zzzz
¡Me encanta
el monopatín!

¡Hasta luego!
¡Adiós!
¡Ronf!
¡Buenos días, señora Rattini!
¡Yupiii!
¡Qué bueno el helado de gorgonzola!
¡Hop!
RATONIA

de **queso**. Había roedores que circulaban en bicicleta y en monopatín; otros leían tranquilamente un libro, tendidos sobre la hierba...
Yo había salido de casa y me dirigía hacia la calle del Ravioli número 13131, donde se encuentra el periódico que dirijo, *El Eco del Roedor*.
Quizá ya me conozcáis, mi nombre es Stilton, *¡Geronimo Stilton!*

Mi primo Trampita

Bien, pues como os iba diciendo, iba camino de mi despacho cuando oí a alguien que sollozaba.

¡Era mi primo Trampita!

Me volví, perplejo. Trampita estaba sentado en un banco y lloraba desconsoladamente.

—¡Ay, qué triste estoy! La pena me consume.

—¿Qué te pasa, primo?

—¡Nada, ésa es la cuestión, no me pasa nada!

—Y entonces ¿por qué estás triste?

Sacudió la cabeza.

—No lo sé.

—¿Quieres un helado de **queso**? ¿Quieres que cenemos fuera? ¿O prefieres que vayamos al cine?

Sacudió la cabeza.

—¡No tengo ganas de hacer nada!
—¿Y eso por qué? —le pregunté.
—¡No lo sé! Ay, qué tristeza —se lamentó él.
Aquello me dejó muy preocupado...
Mi primo Trampita siempre ha sido un roedor con muchas aficiones, lleno de curiosidad, muy vitalista.
Traté de consolarlo:
—Trampita, ¿no ves qué cielo rosado tan bonito, no sientes ese perfume de flores estivales? Piensa en toda la gente que te aprecia...

¡La vida es maravillosa!

Mi hermana Tea

Mi sobrino Benjamín

Por toda respuesta, Trampita se sonó la nariz con mi corbata:

—¡Moc, moooc!

Verlo así me preocupaba tanto que llamé a mi hermana Tea y a mi sobrinito Benjamín:

—¡Venid enseguida, Trampita necesita ayuda!

Lo acompañamos a casa, pero la situación no cambió.

Mi primo estaba triste.
Cada vez más triste.
¡¡¡Tristísimo!!!

Tea cocinó todos sus platos preferidos, Benjamín invitó a casa a los amigos de Trampita para que lo animasen, pero él sólo gritaba:

—¡NO QUIERO COMER NADA!
¡NO QUIERO VER A NADIE!
¡DEJADME SOLO!

Pepito Pillalotodo

Todos se marcharon... todos menos su mejor amigo, Pepito Pillalotodo, también conocido como Dedos Largos (es quien juega con él al mus en la **TABERNA DE LA RATA APESTOSA** todos los jueves).
Pepito sugirió:
—Hum... podríamos hacerle cosquillas con una pluma...
Yo no dejaba de darle vueltas al problema, cada vez más preocupado. De pronto tuve una **IDEA**... Recordé un artículo que había leído sobre los efectos curativos de la risa.
Y me llegó la inspiración:
—Ya sé cómo curaremos su tristeza...
¡Con una buena dosis de chistes!
Llamé a todos los amigos que conocía y les pedí que me contaran las historias más divertidas.

Efectos de la risa

Un estudio científico de la Universidad de Ratonia

Según el famoso profesor R. R. Ratstein:

1. **Reír aumenta la cantidad de oxígeno que llega a los pulmones.**
2. **Relaja los músculos.**
3. **Mejora la circulación sanguínea.**
4. **Ayuda a dormir.**
5. **¡Destierra la tristeza!**

Reír ayuda a mantener la línea. Ejemplo: media hora de risas consume unas doscientas calorías (¡que equivaldrían a un buen pedazo de queso!).

Tratamiento a base de risa

Dosis aconsejada: leer como mínimo unos 5 chistes por la mañana (para empezar el día con una sonrisa) y 5 por la noche (para irnos a dormir contentos y relajados).

En caso de melancolía aguda: aumentar generosamente la dosis: de 10 a 15 diarios.

Para un tratamiento de choque: ¡¡¡en caso de emergencia, leer 10 chistes seguidos!!!

Doctor Ratstein

La petición se propagó por toda Ratonia como un tam-tam en la selva:

—¡Trampita está bajo de moral... Geronimo necesita un montón de chistes..., pero de esos que te tronchas de la risa...! ¡Tenemos que ayudarle!

El teléfono no cesaba de soñar, mensajes en el móvil, correos electrónicos, carteros con sacas llenas de cartas.

Yo no paraba de reunir chistes como un loco, agrupándolos por temas:

chistes de médicos,
de restaurantes,
de avaros, de colmos...

Cuando por fin consideré que ya tenía suficientes, les di las gracias a todos mis amigos y me fui corriendo a casa de mi primo.

—Trampita, escucha atentamente. **¿Cuál es el colmo de un relojero? ¡Tener un tic!**

Él protestó:

—No me apetece escuchar tonterías. ¡Déjame en paz!

Pero yo seguí como si tal cosa:

—**¿Cuándo se queda más triste la botella de gaseosa? ¡Cuando pierde gas!**

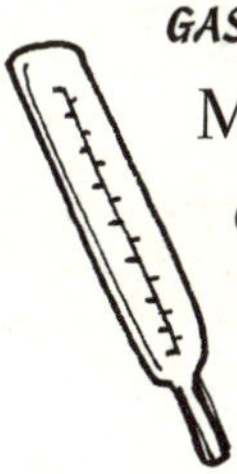

Mi primo ya había dejado de llorar, así que insistí:

—**¿Cuál es el colmo de un pastelero? ¡Temblar como un flan!**

Trampita empezó a sonreír.

Yo seguí contando:

—*La maestra está regañando a Jaimito: "¡Niño, no te metas el dedo en la nariz!". Y Jaimito le responde: "¡Ah, no se preocupe, el dedo es mío!".*

Trampita se rio con un poco más de ganas.

Le expliqué otro:

En un hospital, la enfermera le dice al médico:

—Doctor, la paciente de la 103 tiene fiebre.

—¿Es alta? —pregunta el médico.

—Pues sí, mide un metro ochenta, pero ¿eso qué tiene que ver?

En ese punto, Trampita se echó a reír.

Un tipo va al médico y le dice: "¡Doctor, se me ha dormido una pierna!". "Eso es normal, nos pasa a todos", le responde el médico. "¡Ya, doctor, pero es que la mía ronca!"

Trampita no pudo contener la risa.

Manolito va a casa de Juanito y se lo encuentra jugando al ajedrez con su pez rojo.

—¡Increíble! ¡No sabía que tu pez rojo supiera jugar al ajedrez!
—No es tan increíble —le responde Juanito—. ¡Piensa que llevamos jugadas diez partidas y sólo me ha ganado una vez!
—¡Éste sí que es bueno! —dijo Trampita, revolcándose por el suelo de la risa—. ¡Geronimo, eres el rey de los chistes!
De camino a casa, estuve pensando. Cuántos roedores y roedoras debe de ha-

ber que, como Trampita, a veces se sienten tristes y *necesitarían reírse con ganas*.
Entonces reuní todos los chascarrillos que me habían contado y los publiqué en forma de libro.
Precisamente el libro que estáis leyendo.
Sí, es el **SEGUNDO LIBRO DE LOS CHISTES MÁS MORROCOTUDOS**.
Son chistes *frescos y muy ocurrentes*.

Queridos amigos y amigas roedores, desearía que este libro, al igual que le sucedió a Trampita, os resulte provechoso y os levante la moral, o cuando menos que os anime, en caso de que os sintáis decaídos.
Ya sabéis que uno de los secretos de vivir bien es ***saber reír*** o, como mínimo, ***sonreír***.
Y algo que también es muy importante: ¡saber reírnos de nosotros mismos!
En todas las cosas que nos pasan siempre hay una parte divertida, ¡sólo hace falta saber descubrirla!
¡OS LO GARANTIZO! MEJOR AÚN, ¡OS LO EXTRAGARANTIZO CON DOBLE DE QUESO!

Un afectuoso abrazo de parte de vuestro amigo roedor,

Geronimo Stilton

CHISTES DE... COLEGIO

¿Cuál es la frase que más se oye en el colegio?

¡No lo sé!

TIMIDEZ

En el parvulario, un niño tímido se encuentra con una niña tímida.
Ambos se ignoran pero, al cabo de un rato, se miran y la niña se atreve a darle conversación.
—Me llamo María, ¿y tú?
El niño se ruboriza y le responde:
—*¡Pues yo no!*

¿CÓMO ES POSIBLE?

El director de un colegio llama a un niño:
—Escúchame atentamente, Óscar: acabo de descubrir algo asombroso. ¿Sabías que los muertos resucitan?

—¿Ah, sí, señor director? —le responde Óscar, muy sorprendido.
—Ya lo creo, chaval: ayer me dijiste que no habías venido al colegio porque estuviste en el entierro de tu abuela... *¡y esta mañana me la he encontrado en la pastelería!*

UNA PANDA DE PROVOCADORES

En el colegio, un niño muy creído le dice en plan fanfarrón a una niña:
—Mi tatarabuelo luchó contra los franceses, mi bisabuelo luchó contra los ingleses, mi abuelo luchó contra los rusos, mi padre...
La niña lo interrumpe y le dice:
—Ya veo, en tu familia *sois todos unos agitadores, ¿no?*

FRACCIONES

La maestra les dice a sus alumnos:
—Hoy os enseñaré las fracciones. Por ejemplo, si corto un plátano en cinco trozos, una pera en tres, una manzana en ocho trozos y una fresa en dos trozos... ¿qué obtengo?
Y Jaimito le responde:
—*¡Una macedonia, señorita!*

¡CONMOVEDOR!

Un niño llega a su casa la mar de contento y le dice a su madre:
—¡Mamá, hoy he escrito una redacción y la profesora se ha emocionado!
—¿Ah, sí, y cómo lo sabes?
—*¡Porque me ha dicho que daba pena!*

ARITMÉTICA

En clase de aritmética, la profesora pregunta:
—¿Ya habéis terminado la suma?
Y un alumno le responde:
—¡Sí, pero he tenido que rehacerla cinco veces!
—Así me gusta, que repaséis bien las cosas.
—¡Qué va, lo que pasa es que me daba *cinco resultados totalmente distintos*!

¡TENDRÁS QUE IR AL OCULISTA!

El profesor le pregunta a un alumno:
—A ver, niño, ¿cuántos ojos tenemos?
El alumno se toma su tiempo para pensarlo y por fin responde:
—¡Cuatro!
—Pero ¿qué dices? ¡Vaya animalada! —grita el profesor.
—Pues claro, señor profesor, cuatro: *¡dos usted y dos yo!*

COLEGIO 1+1=2

¿ANTIPÁTICO?

Una niña le explica a otra que es nueva en el colegio:

—¿Sabes? El profe de lengua, cuando aún no lo conoces mucho, resulta un poco antipático...

—Ah, vale, ¿y cuando lo conoces bien?

—*¡Entonces te resulta insoportable!*

¡UF, LOS DEBERES!

Jaimito protesta:

—¡Uf, qué rollo, me apetece ver la tele pero tengo una montaña de deberes pendientes! ¡Vaya aburrimiento!

Su madre le responde:

—Vamos, Jaimito, que yo sepa, aún no se ha muerto nadie por hacer los deberes.

Y Jaimito le replica:

—¡Sí claro, *pero yo no quiero ser el primero*!

¿CÓMO DICES?

La profesora le dice a una niña:

—¿Qué tal, guapa, te ha gustado el primer día de colegio?

—¿Cómo que el primero?¿Es que *tengo que volver mañana*?

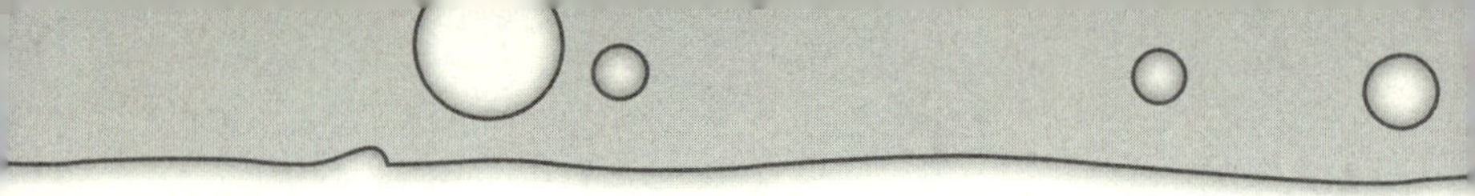

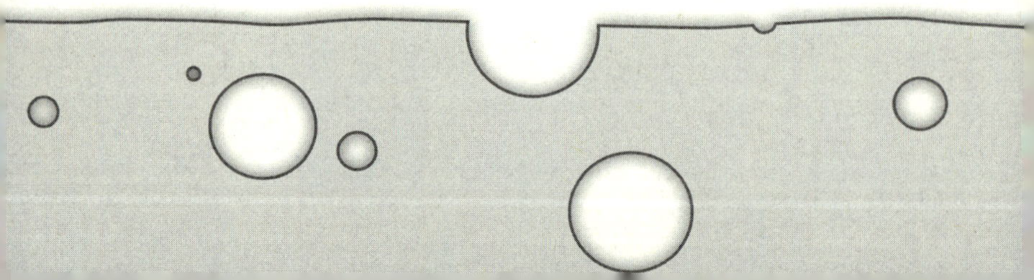

CHISTES DE... JAIMITO

SIESTA A DESHORA

La maestra le llama la atención a Jaimito:

—¡Jaimito, en clase no se puede dormir!

Y Jaimito le responde:

—¡Desde luego que no, *con los gritos que da*!

EL CUBITO DE HIELO EXTRAVIADO

Jaimito está llorando ante el fregadero de la cocina.

Su padre le pregunta:

—¿Por qué lloras, hijo mío? ¿Qué te ha pasado?

—¡Pues que se me ha caído un cubito de hielo en el agua caliente, y ahora *no hay manera de encontrarlo*!

PREGUNTA CIENTÍFICA

Jaimito le cuenta a su madre:

—Mamá, hoy la profesora nos ha explicado que los peces grandes se comen a los más pequeños. ¿Es cierto?

—Claro que es cierto, Jaimito.

—¿Y también se comen las sardinas?

—También, hijo mío.

—¿Y *cómo lo hacen para abrir la lata*?

MI PADRE ES EL MÁS FUERTE

Jaimito y dos amigos hablan de sus respectivos padres.

—¡Mi padre —alardea el primero— es el hombre más fuerte del mundo, puede levantar veinte kilos!

—¡Pues el mío aún es más fuerte que el tuyo! —dice el segundo—. ¡Es capaz de levantar cuarenta!

Y, por último, Jaimito les replica:

—Eso no es nada. ¡Mi padre puede levantar diez toneladas!

—¡Caramba! ¿De verdad? ¿Y cómo lo hace?

—¡Muy fácil! —dice Jaimito entre risas—: *¡Trabaja en la construcción y maneja una grúa!*

PRIMER DÍA DE ESCUELA

Jaimito llega muy contento a su casa tras el primer día de colegio.

—Mamá, ¿sabes una cosa? ¡Hoy hemos aprendido a escribir!

—¡Qué bien, Jaimito! ¿Y qué has escrito tú?

—*¡Cómo quieres que lo sepa, si aún no hemos aprendido a leer!*

CARAMELOS

La madre de Jaimito lo está regañando:

—¡Te has comido todos los caramelos! ¡Y eso que te dije que ni los mirases!

—¡Pero si te he obedecido... *me los he comido con los ojos cerrados*!

TARTA DE CHOCOLATE

Jaimito se está comiendo un trozo de tarta de chocolate y le dice a su madre:

—Mamá, ¿es verdad eso de que no hay que dejar para mañana lo que puede hacerse hoy?

—¡Por supuesto, Jaimito! —le confirma su madre.

—¡Pues entonces pásame el resto de la tarta, que me la acabaré ahora mismo!

EXAGERACIÓN

Jaimito le dice a su madre:
—¡Mamá, mamá, he visto una cucaracha tan grande como un avión!
—¡Jaimito, te he dicho *ochocientos mil millones de veces que no exageres*!

EL DEDO EN LA NARIZ

La madre de Jaimito lo está regañando:
—Jaimito, ¿cómo he de decirte que no te metas el dedo en la nariz?
—Pero ¿por qué no?
—¡Porque no es nada higiénico!
—¡Pero mamá, si me lo he lavado requetebién!

¡QUÉ FUERZA!

Jaimito les dice a sus amigos:

—¿Sabíais que mi padre es capaz de parar un coche con la mano?

—¡Increíble! —dice uno de los niños—. ¡Tu padre debe de ser un forzudo!

—No... —responde Jaimito—. *¡Es guardia urbano!*

¿LORO O GATO?

Su madre le dice a Jaimito:

—El loro no está en la jaula, ¿qué ha pasado?

Y Jaimito responde:

—No lo sé, mamá, pero hace cinco minutos me ha parecido que *el gato estaba hablando...*

JAIMITO

EXAMEN

La profesora está muy enfadada porque Jaimito no responde a ninguna de sus preguntas. Al fin, le dice:

—Jaimito, ¡¿es que no eres capaz de decir ni una sola cosa?!

—Pues claro que soy capaz: *¡Ni una sola cosa!*

¡VAYA SUERTE!

Jaimito le dice a su madre:

—¡Uf, vaya suerte he tenido de no haber nacido en Inglaterra!

—¿Por qué? —le pregunta la mujer.

—¡Porque *no sé ni una palabra de inglés*!

¡EL COCINERO MÁS INCREÍBLE!

Jaimito le dice a su padre:
—¡Papá, eres un cocinero increíble!
Y él le pregunta, entusiasmado:
—¿De verdad?
—¡Ya lo creo, por ejemplo, sabes asar la carne de tres modos distintos: *medio cruda, medio asada y medio quemada*!

ESTUDIOS COSTOSOS

El padre de Jaimito recibe la factura del colegio y se lamenta:
—Jaimito, nunca habría dicho que estudiar saliera tan caro.
—¡Pues aún tenemos suerte de que *yo estudio poquísimo*!

PASAPORTE

La maestra, desesperada, grita:

—¡Estáis armando demasiado escándalo! ¿Cómo queréis que dé clase en este estado?

Y Jaimito le responde:

—Señorita, entonces ¿por qué no se saca el pasaporte y se va a dar clases... *a otro estado*?

REGALO DE NAVIDAD

Jaimito le dice a su madre:

—Querida mamá, ¿sabes qué te regalaré por Navidad? ¡Un jarrón para que pongas las flores!

Su madre le responde, emocionada:

—Gracias, Jaimito, pero ya tenemos jarrón.

—No, no —dice Jaimito—, *ya no lo tenemos: ¡acabo de romperlo!*

EL VERANO PASADO...

Falta una semana para la Navidad. La profesora observa a Jaimito y grita horrorizada al verle las orejas:

—Pero ¿adónde vas con esas orejas tan sucias? ¿Qué digo, sucias?, ¡sucísimas! ¿Cuándo fue la última vez que te las lavaste?

Y Jaimito le responde:

—Hum... señorita... fue el verano pasado, ¡me acuerdo porque *ese día comí sandía*!

¡QUÉ ESPABILADO!

Jaimito presume ante Juanito:

—¿Sabías que a los nueve meses yo ya caminaba? ¡Soy muy inteligente!

—Ah, ¿y a eso le llamas ser inteligente? —le responde Juanito—. *¡Yo, a los tres años, todavía hacía que me llevaran en brazos!*

EL PROGRAMA DE JAIMITO

Éste es el programa de aseo de Jaimito:
Lunes: me lavo el pelo...
Martes: me lavo la cara...
Miércoles: me lavo los dientes...
Jueves: me lavo las orejas...
Viernes: me lavo las manos...
Sábado: me lavo los pies...
Domingo:... *¡¡¡cambio el agua!!!*

TEMA PARA REDACCIÓN

La profesora da el tema para una redacción: “Los escritores del siglo XVIII”.

Y Jaimito escribe: “Los escritores del siglo XVIII... *¡ya están todos muertos!”*.

CEROS

La profesora le pregunta a Jaimito:

—Jaimito, a ver si sabes la respuesta: ¿con cuántos ceros escribirías un millón?

—Con seis ceros, señorita —responde Jaimito.

—Muy bien, Jaimito —lo felicita la profesora—. ¿Y con cuántos escribirías medio millón?

—*¡Muy fácil! ¡¡¡Con tres!!!*

10 EUROS

Rosita le dice a Jaimito:

—Oye, Jaimito, ¿tú me prestarías diez euros?

—Pues claro —le responde él—. ¡Cuando regrese de Tarragona!

—Ah, ¿y cuándo vas a Tarragona?

—*Nunca...*

INTELIGENCIA

La profesora le pregunta a Jaimito:

—Jaimito, voy a hacerte una pregunta muy difícil, ¡a ver si la sabes! ¿Para ti quiénes son más inteligentes, los animales o los seres humanos?

Jaimito responde sin dudar:

—¡Los animales, señorita!

—¿Estás seguro, Jaimito? —insiste la profesora.

—¡Pues claro! *¡Cuando yo le hablo a mi perro, él me entiende, y en cambio, cuando me ladra, yo no lo entiendo a él!*

VACACIONES

La maestra dicta el tema de la primera redacción del curso: "¿Cómo habéis pasado las vacaciones de verano?".
Jaimito, después de pensárselo un buen rato, por fin escribe: "*Yo, muy bien, gracias. ¿Y usted, señorita?*"

QUIÉN PUSO EL HUEVO

La profesora dibuja un huevo en la pizarra. Cuando ha acabado, enseña una fotografía de una gallina y otra de un gato, y pregunta a toda la clase:
—A ver quién lo sabe: ¿quién hizo el huevo?
Jaimito levanta la mano y responde:
—*¡Usted, señorita!*

¿A QUÉ EDAD?

La tía de Jaimito lo está regañando:

—Estoy realmente enfadada contigo, sobrino. ¡Yo, a tu edad, no decía mentiras!

—¿Ah, no? —responde Jaimito con impertinencia—. *¿Y a qué edad empezaste, tía?*

¡QUÉ PÍCARO!

—Mamá, mamá, si te dijera que me han puesto un diez en los deberes, ¿qué me darías?

—¡Una tarta, Jaimito!

—¡¡¡Estupendo, mamá, *entonces dame media tarta, porque me han puesto un cinco*!!!

TERMÓMETRO

Jaimito le dice a su padre:

—¡Papá, papá, ha bajado el termómetro!

—¿Ah sí? ¿Cuánto ha bajado?

—Unos diez metros... ¡se me ha caído por el balcón!

¿NAPOLEÓN?

Lección de historia.

La profesora le pregunta a Jaimito:

—A ver, guapo: ¿cuándo murió Napoleón?

Y Jaimito le responde, sorprendido:

—Ah, ¿se ha muerto? ¡Pobrecillo! ¡¡¡No sabía ni que estuviera enfermo!!!

¡UN TRUCO INFALIBLE!

Jaimito se encuentra a un amigo y le dice:
—¡Si me das diez euros, te enseñaré un truco que no falla nunca, es infalible y te harás rico!
Y su amigo le responde:
—Ah, ¿diez euros, dices? ¡Tómalos! ¿En qué consiste el truco?
—¡Se hace así! —le explica Jaimito—: Buscas a otro, y le dices: *"¡Si me das diez euros, te enseñaré un truco que no falla nunca, es infalible y te harás rico!"*.

CHISTES DE COCHES, MOTOS, TRENES, BARCOS, AVIONES

TRANSPORTES

EL ANCLA

El capitán del barco ordena:
—¡Lanzad el ancla!
—*¡Pero, capitán, si aún está nueva!*

MALA EDUCACIÓN

El pasajero de un tranvía, en hora punta, se echa a gritar:

—Oiga, ¿cómo quiere que se lo repita? ¡¿Quiere hacer el favor de no empujar de ese modo?!

El otro protesta:

—Entonces, ¿cómo quiere que le empuje? ¡Primero lo he hecho con el codo, y usted ha protestado! Después lo he empujado con la espalda, y ha vuelto a protestar. A ver, *¡dígame de una vez cómo le gustan los empujones!*

TRANSPORTES

SEMÁFORO

Hay una cola de automóviles esperando a que el semáforo cambie de color. Cuando el disco se pone verde, el conductor del coche que se encuentra delante de todo está distraído y no arranca. Alguien en la cola le grita:

—¡Eh, ¿a qué estás esperando?, ¡*¿a que el semáforo madure*?!

TAXÍMETRO

Un tipo extremadamente agarrado toma un taxi para ir a casa. De pronto, se da cuenta de que el taxi ha pasado por delante de su casa y no se ha detenido.

—¡Pare inmediatamente! —le exige al taxista.

—¡No puedo —le grita el otro—, se me han roto los frenos!

—Pues al menos pare el taxímetro, ¿no?

CON LA BOCA ABIERTA

Un hombre que está viajando en tren explica:

—¡Yo soy un célebre profesor, y cuando hablo todo el mundo me escucha con la boca abierta!

Un señor que está a su lado sonríe y le dice:

—¡Pues a mí me pasa lo mismo!

—Ah, entonces ¿usted también es profesor?

—¡No, no, que va! *Yo soy... ¡dentista!*

¡VAYA VUELTA!

Un señor le pregunta a un transeúnte:

—Disculpe, ¿podría indicarme cómo puedo ir a la calle de los Maestros Cantores?

El transeúnte se queda pensativo y por fin dice:

—Verá, es un poco complicado... tome la primera a la derecha, la segunda a la izquierda, cuando llegue al semáforo vuelva a girar a la derecha, siga recto unos cincuenta metros, a continuación tome la segunda a la izquierda, cruce las tres arcadas, y cuando llegue a la estación suba por el puente; cuando llegue al monumento a la Concordia siga recto hacia delante hasta el río, y una vez en el muelle, ya puede aparcar el coche.

—¿Qué coche quiere que aparque? —pregunta el otro—. ¡Pero si voy a pie!

—¡Ah, entonces tendría que habérmelo dicho antes! *¡Es la primera calle a la izquierda!*

TRANSPORTES

VIEJECITA

Una viejecita está cruzando y un motorista la atropella.
La pobre, que está muy magullada, se incorpora y empieza a gritar:
—¡Es usted un pirata de la carretera! ¿Está ciego o qué?
—¿Ciego, yo? —le responde el otro la mar de indignado—. *¡Pero si le he dado de lleno!*

TRANSPORTES

¡VAYA SORPRESA!

Una señora entra en una papelería y se dirige al dependiente:

—¡Quisiera una pluma para mi hijo, que va a cumplir dieciocho años dentro de unos días!

El dependiente le muestra una bonita pluma estilográfica y comenta:

—Vaya sorpresa se llevará su hijo, ¿eh?

—¡No lo sabe usted bien! *¡Él cree que vamos a regalarle un coche!*

EL RECORRIDO MÁS DIFÍCIL

En el desierto del Sahara en medio de la nada...
Un beduino le pregunta a otro:
—¿Qué tal te fue el examen de conducir?
—¡Muy mal! ¡Horrible!
—¿Qué pasó?
—¡Pues que me tocó el recorrido más difícil... *Ya sabes, aquel que hay que dar la vuelta a la palmera...*

EN EL CIRCO

Redoble de tambor. El presentador anuncia:

—¡Señoras y señores, a continuación, el mítico, el excepcional motorista Miguelón Bujías, les ofrecerá un espectáculo sin igual: conducirá su moto con los ojos vendados!

Miguelón pasa a toda velocidad ante el público con los ojos vendados.

El presentador vuelve a anunciar:

—Y ahora... ¡sin pies!

Miguelón levanta los pies de los estribos y pasa como un rayo.

Y de nuevo, el presentador anuncia:

—Ahora... ¡Sin manos!

De pronto se oye un porrazo descomunal, y el presentador dice:

—Y para terminar... ¡Miguelón *sin dientes*!

ESTACIÓN EQUIVOCADA

Un señor toma un tren nocturno y le pide al revisor que lo despierte cuando lleguen a su estación de destino. Se duerme, y cuando por la mañana se despierta, se percata de que se ha pasado un montón de estaciones. Furioso, llama al revisor y le exige una explicación.

—Señor —le dice el revisor—, *pues si usted está enfadado, imagínese cómo debe de estar el otro viajero al que confundí e hice bajar en su lugar...*

EL LEÓN HAMBRIENTO

Un león hambriento observa desde una rama a un turista que dormita en su todoterreno. Se relame, suspira y comenta:

—¡Qué rollo, otra vez *carne en lata*!

¡GRUMETE!

Se ha abierto una vía de agua en el barco. El capitán comprende que ya es demasiado tarde y que la nave se está hundiendo.

Llama al grumete y le dice:

—Grumete, cuando has visto que empezaba a entrar agua ¿por qué no me has llamado, pedazo de animal?

Y él grumete responde sin pensárselo:

—¡Mi capitán, no soy ningún maleducado, *yo jamás le llamaría pedazo de animal*!

EN EL AUTOBÚS

—¿Cuándo piensa arrancar de nuevo este autobús? ¡Ya llevamos más de media hora sin movernos! —protesta un pasajero.

—Es que el conductor es una persona muy educada —le explica el señor que está a su lado.

—¿Y eso qué tiene que ver?

—Pues que ha visto una señora mayor de pie y *le ha cedido su asiento...*

VIAJES ESPACIALES

Dos astronautas conversan.

—Me han dicho que estuviste de vacaciones en la Luna. Cuéntame, ¿fue todo bien?

—Qué va, fue un desastre, *la luna estaba... ¡llena!*

VAYA CON LOS PEATONES...

Una chica muy joven que está examinándose para obtener el carnet de conducir, exclama:

—Vaya con los peatones... los hay por todas partes y van por donde quieren, no paran de correr delante del coche...

Y el examinador, aterrorizado, le responde:

—¡Señorita, *haga usted el favor de bajarse de la acera*!

LO PRIMERO QUE HAY QUE HACER...

Un tipo muy sucio le explica a su amigo:

—Yo sólo lavo el coche una vez al año. Además, lo primero que lavo siempre es la matrícula.

—Ah, sí, ¿y por qué? —le pregunta el otro.

—*¡¡¡Para estar seguro de que es el mío!!!*

SIN CARBURANTE

La torre de control del aeródromo recibe el mensaje de una avioneta.

—Torre de control, soy un piloto novato, estoy a bordo de una Cesna 565 y me he quedado sin gasolina...

—¡Tranquilo, nosotros te guiaremos! Reduce la velocidad al mínimo, controla los instrumentos de navegación, revisa el paracaídas. Mira abajo. ¿Divisas un aeropuerto en los alrededores?

—La verdad es que estoy aquí, delante de ustedes, en la pista: yo sólo quería saber *dónde podía llenar el depósito...*

CHISTES ABSURDOS

ABSURDOS

LA CAJERA

¿Qué le sucede a la cajera cuando se rompe una pierna?
¡Que sufre una *factura*!

¿Y AQUÍ?

Un tipo llega al hospital en una ambulancia.
El médico le pregunta:
—¿Le duele si le toco aquí?
—No.
—¿Y si le toco aquí?
—No.
—¿Y si le toco aquí?
—Tampoco.

—¿Y en este otro punto?
—No noto nada.
—Pero ¿cómo es posible?
—¡A lo mejor es porque usted me está tocando la pierna derecha y *yo me he roto la izquierda!*

¿QUÉ EFECTO PRODUCE...?

Un joven marinero le pregunta a un bregado hombre de mar:
—¿Qué efecto produce pasarse seis meses bajo el agua, encerrado en un submarino?
Y el otro le responde, sonriente:
—*¡Piensa en latas de sardinas y tendrás la respuesta!*

DIÁLOGO IMPOSIBLE

Un pescador está pescando en medio del mar. De pronto exclama:

—¡Hace un sol que achicharra! ¡Qué calor!

Una gaviota que pasa por allí también se queja:

—¡Es verdad, qué calor!

Un delfín murmura:

—Nunca había oído hablar a una gaviota...

Y la caña de pescar exclama:

—*¡Yo tampoco, es increíble!*

PRESENTE DE VERDURA

¿Cuál es el futuro de la verdura?

Yo verduraré, tú verdurarás, él verdurará...

UN SOLDADO Y UN GENERAL

Un soldado viaja sentado en un autobús. En eso que sube un general. El soldado se pone en pie inmediatamente.

El general le dice:

—¡Puede sentarse de nuevo!

Al cabo de un minuto el soldado se pone en pie de un salto.

El general le dice:

—Gracias, pero ya puede volver a sentarse.

Al poco, el soldado vuelve a ponerse en pie una tercera vez.

Y el general exclama:

—¿Cómo tengo que decírselo? Haga el favor de sentarse, ¿me ha oído?

Y el soldado, rojo como un tomate, le responde:

—¡Pero, mi general, es que *ya debería haberme bajado tres paradas atrás!*

¡QUÉ BOBALICÓN!

Un tipo más bien cortito está examinando con mucha atención un reloj.

—¿Qué haces? —le pregunta un amigo.

—¡Es que mi hermano me ha regalado este reloj y me ha dicho que me podría bañar con él!

—¿Y bien?

—No lo entiendo... *llevo una hora mirándolo y no veo los grifos por ninguna parte...*

UN LIBRO INTERESANTE

Por la mañana, una mujer se levanta de la cama, despierta a su marido y le dice:

—Querido, he tenido un sueño maravilloso. He soñado que me regalabas un collar de diamantes por mi cumpleaños. ¿Qué crees que puede significar?

—Lo sabrás el día de tu cumpleaños —le responde, enigmático, el marido.

Llega el día del aniversario de la mujer, y el marido entra en casa con un paquete. La mujer, emocionada, se lo arranca de las manos, rasga el papel, abre la caja a toda prisa y en su interior encuentra... ¡un libro titulado *El significado de los sueños*!

LA ESPECIALIDAD

Un señor entra en un restaurante. Pide una porción de pastel de pescado, prueba un poco y llama al camarero.

—¡Camarero, este pastel es repugnante!

—¡Pero señor... si precisamente es nuestra especialidad! ¡Hace años que lo servimos!

—¿Años? *¡Entonces no me extraña que esté tan pasado!*

RELOJES

Un hombre va por la calle y se encuentra a otro que está dándole martillazos a un reloj. Intrigado, le pregunta:

—¿Qué hace golpeando este reloj?

Y el otro le responde:

—Pues ya ve, aquí, *¡matando el tiempo!*

¿QUÉ QUIERE QUE LE DIGA...?

Una señora lleva veinte minutos esperando su turno en Correos.

—¡Perdone, pero es que ya llevo veinte minutos aquí! —dice, indignada.

El empleado de correos suspira y le responde:

—Señora mía, qué quiere que le diga, *yo llevo veinte años...*

EXPERIMENTO

Un niño se levanta a media noche para ir a hacer pipí, y se encuentra a su padre ante el espejo del pasillo, con los ojos cerrados.

—Papá, ¿qué haces aquí con los ojos cerrados?

—¡Verás, es que *quería saber qué cara hago cuando duermo*!

VIRUS

En la consulta, un doctor tranquiliza a una mamá:

—¡No tiene que preocuparse por nada, señora, su hijo está sanísimo!

—Ah, menos mal —exclama la madre con alivio—. ¿Sabe?, nuestro ordenador tiene un virus, ¡y *temía que también lo hubiera pillado el niño*!

DISCULPE, ¿DE QUÉ MARCA ES?

Un industrial inmensamente rico le anuncia a su futuro yerno, que es muy finolis:

—Mire, joven, ésta es la dote de mi hija: doscientos mil euros en el banco, un áti-

co en pleno centro de la ciudad, una casa en la montaña, otra en la costa, un coche nuevo, un cofre lleno de joyas, un juego de sábanas de seda, una cubertería de plata, una vajilla de porcelana...
De pronto, el novio finolis le interrumpe y le pregunta:
—Disculpe, *¿de qué marca es la vajilla?*

TIEMPO

—Disculpe, ¿podría decirme qué hora es?
—Las seis en punto.
—¡Vaya, ya ha vuelto a suceder!
—¿Qué quiere decir?
—¡Pues que llevo todo el día preguntando la hora y nadie se pone de acuerdo!

CHISTES DE AVAROS

DÍSELO CON FLORES

Un tipo muy, muy, muy tacaño pasa por una floristería, ve un cartel donde pone "Díselo con flores" y pregunta:

—Y un simple *murmullo*, ¿cuánto me costaría?

¡QUÉ OFERTA TAN GENEROSA!

Un tipo muy avaro oye que llaman a la puerta. Una señora dice:

—¡Buenos días, estamos haciendo una colecta para la nueva piscina del vecindario!

—Ah, yo también quiero contribuir. ¡Espere un momento, que *le traeré un cubo de agua lleno a rebosar*!

AH, PUES ENTONCES...

Un tipo muy agarrado entra en una tienda y pregunta:

—¿Cuánto cuesta una corbata?

—Veinte euros.

—¡Le ofrezco diez!

—¡Que sean doce!

—¡Le ofrezco seis!

—Vale, se la dejo en ocho euros.

—¡Le doy cuatro!

—Mire, ¿sabe qué le digo?, ¡que le regalo la corbata!

—¡Ah, pues entonces *me llevaré dos*!

¡MIRA POR DÓNDE!

Un hombre llama a la puerta de su vecino, famoso por su tacañería.

—Querido vecino, acabo de descubrir que usted ha practicado un agujero en su bodega para poder entrar en la mía y... ¡robarme el carbón!

El vecino, haciéndose el sorprendido, le responde.

—¡Ah, mira por dónde! ¡Así que se trataba de su bodega! ¡Y yo que me creía que había descubierto *una mina de carbón*!

AHORROS

—¿Qué opinión te merecen todas esas anécdotas que se cuentan acerca de tu avaricia? —pregunta un amigo a otro.

—¿Sabes qué te digo? —le responde el otro—: Que *se las podrían ahorrar perfectamente...*

SÚPER-TACAÑO

Un tipo muy muy tacaño está tomándose una cerveza en un bar. De pronto empieza a zumbar una mosca a su alrededor, con tan mala fortuna que acaba cayendo en la jarra del avaro. Éste la coge por las alitas, se la queda mirando fijamente y le dice con voz amenazante:

—*¡¡¡Ya estás escupiendo todo lo que te has tragado!!!*

SOBRAS

Un hombre muy tacaño está comiendo en un restaurante con su hijo y llama al camarero:

—Camarero, tráigame una bolsa: quiero guardar las sobras para el perrito...

Y el niño exclama:

—*¡¡¡Yupiiiiiii, mi papá me va a comprar un perrito!!!*

HIPO

Un tipo tremendamente tacaño le dice a un amigo que también es tremendamente tacaño:

—¿Te has dado cuenta de que me ha entrado hipo?

Su amigo, que lo conoce bien, al instante da con una solución drástica pero muy eficaz para que se le pase:

—*¿Me prestas mil euros?*

GASOLINA

Un vendedor de coches está tratando de venderle un automóvil a un tipo agarradísimo.

—¡Cuánto consume este coche? —le pregunta el tacaño.

—Un litro de gasolina cada diez kilómetros —dice el vendedor.

—¡Uf, es muuuucho, demasiado! ¿Y este otro coche? —pregunta el avaro.

—¡Éste consume una cucharada de gasolina cada diez kilómetros! —explica el vendedor.

—Hummm —masculla el avaro—, *pero ¿una cucharada sopera o una cucharadita de café?*

ANÓNIMO

Una señora que pertenece a una asociación benéfica consigue arrancarle un cheque para una obra benéfica a un avaro riquísimo. ¡Pero cuando lleva el cheque al banco, se percata de que no está firmado! Vuelve a casa del avaro y le hace saber que se ha olvidado de firmarlo.
—¿Qué pasa, señora? ¿Es que nunca había oído hablar de las *donaciones anónimas*? —le responde él.

CERILLA

Un hombre le pregunta a otro:
—Perdona, ¿no tendrías una cerilla?
Y el otro, que es muy, muy tacaño, le responde:
—*¿Nueva o usada?*

¡VAYA BARBA!

Había una vez dos hermanos gemelos muy muy avaros, terriblemente avaros. A los veinte años, uno de los dos se fue a América. Treinta años más tarde, regresa y abraza a su hermano.

El recién llegado se lo queda mirando y le dice:

—¡Hermano mío! ¡Es increíble! ¡Cómo te ha crecido la barba! ¡La tienes larguísima!

—Hombre, ¿y qué querías? Cuando te fuiste *te llevaste la maquinilla de afeitar...*

FUTUROLOGÍA

Un amigo le pide dinero a otro:

—¿Puedes prestarme veinte euros?

—¿Y cuándo piensas devolvérmelos?

—*¡Hombre, no pretenderás que por veinte miserables euros encima te adivine el futuro!*

¡PRIVADO!

Un hombre muy, muy, muy tacaño naufraga en una isla desierta.
Llega medio muerto a la playa, y en cuanto se recupera un poco, coge una hoja de platanero, la clava en un árbol y escribe con un pedazo de carbón:
Playa privada. ¡Entrada: 1 euro!

¡MUUUY ECONÓMICO!

Un tipo extremadamente avaro decide irse de viaje, pero de forma económica.
Cuando llega al mostrador de la compañía aérea, la azafata le pregunta:
—¿Es usted el que ha pedido un vuelo a París muy muy muuuy económico?
—¡Sí, soy yo!
—¡Muy bien, pues *ahora mismo le pego unas alas a la espalda*!

USURERO

—¡Mamá, mamá, en el cole me han llamado usurero!
—Vaya por Dios, ¿y quién ha sido?
—Si me sueltas cinco euros, te lo digo...

HERMANOS TACAÑOS

Un hombre muy tacaño le dice a su hermano:
—Por favor, necesito que me prestes un poco de atención...
—Hum —masculla el otro—, vale, te la prestaré, *¡pero con un diez por ciento de intereses!*

CHISTES POR TELÉFONO

LLAMADA DEL JEFE

El jefe llama a la oficina desde su casa, y habla con su secretaria.

—Buenos días, señorita Casilda; ¿ha llamado algún imbécil esta mañana?

—No, señor Bermúdez —le responde ella—, *¡usted es el primero!*

¡INCREÍBLE!

Suena el teléfono en casa de los López.

La señora López descuelga y exclama:

—No... no... nooo, ¡no me lo digas!, no puede ser... es increíble...

Guarda silencio un instante, escucha y vuelve a decir:

—Oh, no... nooo, ¡no me lo digas!, no puede ser... es increíble...

Y al fin cuelga.

El señor Martínez, intrigado, le pregunta:
—¿Qué ha pasado?
Y la señora Martínez le responde:
—¡¡¡No lo sé, al final *no me lo ha dicho*!!!

DISTRACCIÓN

Luisito llama por teléfono:
—Buenas, ¿podría hablar con el señor Tigre?
—No, ésta es la casa de los León.
Y Luisito, que anda bastante distraído, responde:
—Ah, disculpe, *¡¡¡me he equivocado de jaula!!!*

NÚMERO DE TELÉFONO

Una señora, madre de dos niños más malos que la peste, está a punto de salir de casa, y le pasa un número de teléfono a la canguro.

—Éste es el número de mi madre, que es donde estaré esta noche, por si les pasara algo a los niños.

La canguro pone cara de resignación y le pasa otro número a la madre.

—Aquí tiene el número de mi madre... porque *lo más probable es que me pase algo a mí...*

CHISTE ABSURDO

¿Cuándo se sabe que un teléfono es egoísta? Cuando descuelgas, y en lugar de oír *"tu-tu-tu"*, oyes *"yo-yo-yo"*...

CHISTES DE TONTOS

¡SERÁ CRETINO!

Un cretino circula por un callejón oscuro cuando un ladrón lo atraca.
El tío se defiende con todas sus fuerzas, pero al final se rinde. El ladrón hurga en sus bolsillos, y aunque sólo encuentra cinco euros, exclama:
—¡Es muy poco, pero ya me doy por satisfecho!
Y entonces, el cretino se echa a reír y le dice:
—Pues qué bien, ¿así que te contentas con cinco euros? ¡Por un momento pensé que querías robarme *los diez mil euros que llevo escondidos en el calcetín derecho*!

TELEVISOR

Una niña le pregunta a su madre:

—Mamá, ¿puedo ver la tele?

—Todo el tiempo que quieras —responde la madre—, *a condición de que esté apagada...*

EN EL BARBERO

Un cliente se sienta en la butaca de un barbero muy tonto.

El barbero empieza a afeitarlo, y al cabo de un ratito le pregunta:

—Hum, señor, ¿por casualidad no habrá tomado espaguetis con tomate para almorzar?

—No, ¿por qué? —inquiere el cliente con extrañeza.

—Hum, pues en ese caso —dice el barbero—, *me temo que acabo de cortarle la barbilla...*

¡SALIDA!

Un juez de atletismo le dice a otro:
—Para dar la salida de la carrera bastará con que dispares un tiro con esta pistola, ¿de acuerdo?
Y el otro le responde:
—¡Pues claro que lo he entendido, no soy tonto! *Lo que no me has dicho es a qué atleta tengo que disparar...*

CHISTE VALENCIANO

Un tipo bastante tonto llega a la estación de Valencia, baja del tren, se dirige al jefe de estación y le dice:
—¡Disculpe, estoy buscando a un amigo mío que se llama Fernández!
El jefe de estación se ríe y le dice:

—Pero ¿usted sabe la cantidad de Fernández que hay en Valencia? ¿Cómo pretende que los conozca a todos?

El tonto le replica:

—¡No, no es necesario que los conozca a todos, *me basta con que conozca al que yo estoy buscando*!

¿CUÁNTO SUMAN?

La maestra le pregunta a un alumno que es un poco memo:

—A ver, dime cuánto suman siete más siete.

El alumno memo dice:

—¡Quince!

—¡Te has equivocado! —exclama la profesora.

—Sí, pero *¿a que me he acercado?*

¡QUÉ PENA DE VENTILADOR!

Dos tontos están en un helicóptero y uno le dice a otro:
—¡Qué ganas de hacer las cosas mal! ¡Con el calorazo que hace aquí dentro, y no se les ocurre otra cosa *que instalar los ventiladores fuera!*

¿A QUE TE PARTO LA CARA?

Un camorrista muy tonto se oculta en un callejón y cuando ve a un transeúnte se abalanza sobre él.
—¡Eh, tú, si dices una sola palabra, te... te... te... rompo la cara!
Pero el transeúnte lo desafía:

—¡Vamos, hombre, no me hagas reír, so memo!

El camorrista tonto se pone rojo y masculla:

—¡Has tenido suerte! ¡Si llegas a decir una sola palabra, en lugar de siete... te... te... *te habría partido la cara!*

¡QUE NO SE MUEVA NADIE!

Un atracador muy bobalicón entra en un banco empuñando un secador de mano y grita:

—¡Quieto todo el mundo! ¡Al primero que se mueva... *lo dejo seco*!

CHISTES DE LOCOS

LA PUERTA

Un loco dibuja una puerta en la pared y le dice a otro loco:

—A ver si eres capaz de pasar al otro lado de la puerta.

El otro loco toma carrerilla, echa a correr y se estampa contra la pared.

El primer loco se lo queda mirando, sonríe y dice para sí:

—*¡Este pobre idiota no sabe que la llave la tengo yo!*

LLUEVE EN LA DUCHA

Un loco se está duchando con un paraguas abierto.

Un compañero le pregunta por qué lo hace, y él le responde:

—*¡Es que me he olvidado la toalla!*

EN EL MÉDICO

Un loco va al médico.
Lleva la ropa desgarrada. El médico le pregunta:
—¿Qué, aún sigue pensando que es un hueso?
—No, qué va, ahora ya sé que soy un hombre. ¡El problema es que *su perro aún no lo ha entendido*!

LA CAMA

Un loco se cae de la cama mientras duerme.
Tras el susto, se levanta y vuelve a meterse en la cama.
Al cabo de una hora se cae nuevamente de la cama.
Se incorpora, la mar de contento, y dice:
—¡Uf, si no llego a levantarme la primera vez, *me habría caído encima*!

EL BEBÉ

Ayer, en el avión, me tocó sentarme junto a una señora y su bebé.
La azafata le dijo a la madre:
—Señora, su bebé está mojado, ¿quiere que lo cambie?
Cuando volvió con el bebé, no quise decir nada, *¡pero enseguida me di cuenta de que era el mismo bebé!*

OTRO QUE PICA

Un loco está dando vueltas alrededor de un agujero mientras grita:
—¡26, 26, 26!
Un hombre que pasa por allí le pregunta:
—¿Por qué gritas "26"?
Y el loco vuelve a dar vueltas de nuevo, pero esta vez grita:
—*¡27, 27, 27!*

VEHÍCULOS

Un loco está aprendiendo a conducir.
El profesor le insiste en que, sobre todo, mire atentamente antes de cruzar la calle para asegurarse de que no pasa ningún coche.
El loco avanza y... ¡pam!
El profesor le dice:
—¿Qué ha pasado? ¿No te había dicho que mirases si venía otro coche?
—Sí, y así lo he hecho, pero no pasaba ningún coche, *¡era un camión!*

PREVENCIÓN

En el desierto, un hombre que lleva a cuestas una cabina telefónica se encuentra con otro que carga con una bombona

de butano llena. Éste le pregunta al primero para qué sirve la cabina telefónica.
—¡Muy fácil, si me persigue un león, me encierro dentro de la cabina! Y tú, ¿por qué llevas una bombona?
—Porque si aparece un león, *¡puedo tirar la bombona y correr el doble de rápido!*

MÉTODOS CURATIVOS

Un loco llena una bañera y vierte media botella de insecticida.
Otro loco le pregunta:
—¿Por qué has echado insecticida en el agua?
—Verás, ¡es que *tengo un hormigueo en las piernas...*!

EL HOMBRE INVISIBLE

Un loco se pasea arrastrando un cordel tras de sí.

Se acerca a un guardia y le pregunta:

—¿Ha visto pasar al Hombre Invisible?

—No —le responde el guardia.

—¡Pues si lo ve, *dígale que he encontrado a su perro*!

ESTO TIENE TRUCO

Un artista se presenta ante un director de circo y le dice:

—Verá, mi número consiste en subirme a un trampolín de 35 metros y lanzarme al interior de una botella.

—¡Eso es imposible! Seguro que la cosa tiene truco, ¿verdad?

—¡Hombre, pues claro, *utilizo un embudo*!

TARTA DE PEPINOS

Un loco entra en una pastelería.
—¿Tienen tarta de pepinos?
El pastelero le dice que no.
Durante una semana, el loco entra todos los días en la pastelería y hace la misma pregunta.
Al final, el pastelero está tan harto que le dice a su esposa que haga una tarta de pepinos.
Al día siguiente, el loco vuelve a entrar y pregunta:
—¿Tiene tarta de pepinos?
—¡Pues sí, tengo una! —le dice el pastelero, satisfecho.
—¿Y a que está malísima?

UNA TOSECILLA EXTRAÑA

—Doctor, tengo un problema: cuando toso, suena como si relinchase.

—Qué curioso... ¿Y hace mucho que le sucede?

—Uf, ya lo creo... *¡desde que era un potrillo!*

EL CAFÉ

Un loco se está tomado un café en un bar.

—Deme un terrón de azúcar —le pide al camarero.

—¡Pero si ya le he dado diez! —protesta el empleado.

—¿Y qué culpa tengo yo si *se funden cuando los echo en la taza de café*?

INSPECCIÓN

Un inspector visita un manicomio y le llama la atención un loco que está imitando una moto:

—¡BRRRRROMMM!

El inspector llama al director del manicomio y le dice:

—Haga el favor de decirle a ese paciente que se calle.

—¿Por qué? —pregunta el director—, ¿le molesta el ruido que hace?

—*¡¡¡No, es el humo lo que me molesta!!!*

TOMATES

Un loco comparece ante un juez.

—Se le acusa de haberle lanzado tomates a su vecino.

—Sí, es verdad, fui yo quien se los lanzó.

—Pero no me diga que unos simples tomates pudieron causarle esos chichones tan grandes...

—¡Es que *no pude encontrar tomates naturales y tuve que usar tomate en lata*!

EL POLICÍA Y EL LOCO

Un policía observa a un loco que lleva tres horas sentado en el mismo banco y le pregunta:

—A ver, ¿se puede saber qué estás haciendo tanto rato en este banco?

—Es que me he enterado de que la tierra gira, *¡y estoy esperando a que mi casa pase por aquí!*

EL DIRECTOR

Un hombre va de visita a un manicomio, y el director le explica:

—En el primer piso están los que sufren una locura leve, en el segundo, los que están un poco peor, en el tercero, los que llevan años fatal... y así hasta el piso diecinueve, donde están los locos más peligrosos.

—¿Y arriba, en el piso número veinte?

—¡Ah, *ahí está mi despacho*!

UN GRANO DE TRIGO

Un loco se ha pasado un año en el manicomio porque se creía que era un grano de trigo. Al final se cura y le dan el alta.

Cuando llega a su casa ve una gallina y se echa a temblar.

—¿Y ahora qué te pasa? —le dice su mujer—. ¡Si ya sabes que no eres un grano de trigo!

—Yo sí que lo sé. *Pero ¿lo sabe la gallina?*

ZAPATOS DE LOCOS

Dos locos se encuentran y uno se fija en los zapatos que lleva el otro.

—¡Qué zapatos más raros llevas, uno es negro y el otro amarillo!

—¡Sí, y lo más bueno es que *en casa tengo otro par igual*!

UN LOCO, UN PERRO Y UN MÉDICO

Un loco está dando vueltas a un árbol, perseguido por un perro que quiere morderle.
Llega un médico y le dice al loco:
—¡Cuidado, que el perro te morderá!
—¡No se preocupe! —responde el loco—, *¡le llevo dos vueltas de ventaja!*

HISTORIA DE UN LOCO

Un loco va al médico y le dice:
—Verá usted, estoy fuerte como un toro, nado como un pez, tengo un hambre de caballo y salto como una gacela; ¿qué me aconseja?
—*¡Que vaya a ver a un veterinario!*

UNA DIETA DE LOCOS

Después de que el dietista le haya impuesto una dieta, un loco salta por encima de un plato de macarrones.

El dietista, al enterarse, le pregunta:

—Pero ¿qué hace?

Y el loco le responde:

—Lo que usted me dijo, que me saltara un plato, ¿no?

HERMANOS

—Miguelín, ¿dónde está tu hermano?

—Lo he metido en la nevera.

—Pero ¿no ves que ahí cogerá frío?

—¡No te preocupes, *he cerrado bien la puerta para que no tenga corriente*!

UN CONDUCTOR ESTÚPIDO AL VOLANTE

Dos locos van en un coche, y cuando toman una bajada muy pronunciada el vehículo se queda sin frenos.

—¡Se me han roto los frenos! ¡Vamos a matarnos!

—¡No te preocupes —dice el otro—, *ahí abajo hay un stop*!

ELEFANTES Y RATONES

Un elefante y un ratón están dando un paseo por el desierto.

El ratón le dice al elefante:

—¿No te importa que camine bajo tu sombra media horita? ¡Después, si quieres, *podemos cambiar*!

CAMUFLAJE

—¿Sabes cómo se las ingenian los elefantes para esconderse?

—No.

—Muy fácil: se ponen gafas de sol.

—¿Tú has visto alguna vez un elefante con gafas de sol?

—Claro que no, por eso mismo, *porque están muy bien escondidos...*

CANGUROS

—Espero que hoy no llueva —le dice una mamá canguro a otra—, ¡me pongo histérica cuando los pequeños *han de jugar dentro*!

BATIBURRILLO DE CHISTES

ABUSÓN

En una residencia de ancianos, un abuelo le pregunta a otro:

—¿Por qué te discutiste el otro día con tu compañero de habitación?

—Por abusón.

—¿Por abusón? —dice el otro, perplejo.

—Sí, se ponía mis camisas, mis corbatas y mis trajes... *¡Pero la gota que colmó el vaso fue cuando se rio de mí con mi propia dentadura postiza!*

¡DE PASEO!

El marido le dice a su esposa:

—Salgo a tirar la basura, ¿quieres venir?

—¿A tirar la basura? ¡No, vaya un aburrimiento!

—Vale, vale... *¡como siempre dices que no salimos!*

CAMARERO SORDERAS

Un señor entra en un bar y pide un vaso de agua. El camarero no le hace ni caso. El señor vuelve a pedírselo una vez más, y otra, y otra. Al final se enfada, se pone en pie y sujeta al camarero de la manga.
—Haga usted el favor. ¡Le he pedido cien veces un vaso de agua!
—¡Le ruego que me disculpe, caballero! —le dice el camarero, y entonces se vuelve hacia su compañero de la barra y grita—: *¡Cien vasos de agua para este señor, y deprisita!*

CHAMPÚ

En una cabeza, un piojo se encuentra a otro que está llorando.
—¿Por qué lloras? —le pregunta.
—No pasa nada, *es que me ha entrado champú en los ojos...*

BATIBURRILLO

¿PAZ O GUERRA?

En un fuerte del Lejano Oeste, el centinela avisa de que se acercan muchos indios montados a caballo.

—¿Vienen en son de paz o de guerra? —le pregunta el capitán del fuerte.

—*¡Yo diría que vienen de fiesta, porque van todos pintados!*

PADRES E HIJOS

En el despacho del director del colegio suena el teléfono.

—¿Sí, dígame?

—Llamaba para decirle que hoy Miguelín no podrá venir a clase porque está indispuesto.

—Disculpe, ¿con quién hablo?

—*Con mi padre...*

EQUIVOCACIONES

Caperucita Roja camina por el bosque y por fin llega a casa de su abuelita. Entra y se encuentra a la Bella Durmiente en la cama de la abuela.

—¿Y tú qué haces aquí? —le pregunta sorprendida Caperucita.

—¡Ay, madre! ¿Tú eres Caperucita Roja?

—¡Por supuesto que sí!

—*¡Entonces debo de haberme equivocado de cuento!*

ORTOGRAFÍA

En clase, el profesor le pregunta a una niña.

—María, a ver si sabes decirme una palabra que lleve muchas "ocs".

—¡Horroroso!

—¡Muy bien, María! ¿Y tú, Jaimito, sabes alguna que tenga más?

—Sí: *¡goooooooooooooooooooooooool!*

BATIBURRILLO

MARCIANOS

—Papá, papá, ¿los marcianos son buenos o malos?

—¿Por qué me lo preguntas, hijito?

—Porque acaban de entrar en casa de esa vecina nuestra tan pesada, la señora Filomena, y se la han llevado en su nave espacial.

—¡En ese caso no cabe la menor duda: *los marcianos son buenos*!

COARTADA

Tras una larga y accidentada persecución, la policía atrapa a un malhechor y lo interroga.

—¿Por qué le has robado el reloj a esa señora?

—Yo no le he robado nada —se justifica el ladrón—. Ella me lo dio.

—¿Cuándo te lo dio?

—*¡Cuando le enseñé la pistola!*

INSULTOS

Un borracho sube a un autobús y empieza a gritar:

—¡Los de aquí delante son unos idiotas, los de allí detrás son unos imbéciles, los de mi derecha, unos cretinos y los de mi izquierda, unos gallinas!

El tipo se pasa diez minutos repitiéndolo hasta que llega un momento en que el conductor del autobús no puede más, da un frenazo, se levanta y agarra al borracho por el cuello en actitud amenazante.

—¡A ver si ahora te atreves a repetir lo que decías! ¿Quiénes son los idiotas, quiénes son los imbéciles, quiénes son los cretinos y quiénes son los gallinas?

Y el borracho le responde con toda tranquilidad:

—*¡Hombre, con ese frenazo tan brusco se me han mezclado todos y ahora ya no sé quién es quién!*

MÁS CHISTES DE TONTOS

PANADERÍA

Un tonto entra en una panadería y le pregunta al panadero:

—¿Tardará mucho en salir el pan?

—Acaba de salir —responde el panadero.

Y el tonto le pregunta:

—*¿Y sabe usted a qué hora volverá?*

DETECTIVES ZOQUETES

Dos tipos muy tontos se presentan en una agencia de detectives para pedir trabajo. Entra el primero y se sienta frente al examinador.

—A ver, ¿cuántos son uno y uno?

—¡Once!

—Dígame un día de la semana que incluya las letras “m” y “a”.

—¡Mañana!

—¿Quién mató a J.F. Kennedy?

—Hum... ¿podría darme un par de días para averiguarlo?

—Sí, por supuesto.

Cuando sale de la entrevista, su amigo le pregunta:

—¿Qué tal, cómo te ha ido?

—¡Genial, el trabajo ya es mío: *me han asignado el primer caso*!

INTELIGENCIA

Un tonto le dice a otro:

—Tengo un perro que dice papá y mamá.

—Psé... ¡Pues yo tengo una lata que dice *“Conservas de Galicia”*!

PERSONAJES NOCTURNOS

¿Cuál es el personaje más tranquilo de la noche?
¡El sereno!

FERROVIARIOS ZOQUETES

El jefe de estación le pregunta al guardagujas:
—A ver, ¿qué harías si vieras dos trenes avanzando en direcciones opuestas y que están a punto de chocar?

—Haría señales con las banderas y trataría de cambiarlos de vía.

—¿Y si no tuvieras banderas ni pudieses desviarlos?

—Llamaría a mi primo.

—¡Pero si tu primo no entiende nada de ferrocarriles!

—¡Ya, *pero nunca ha visto chocar dos trenes*!

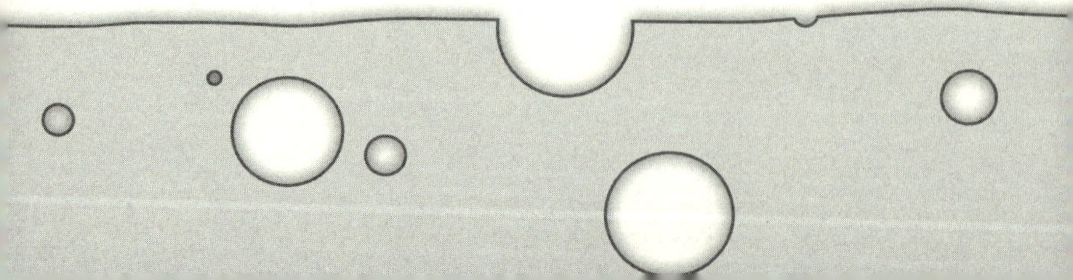

CHISTES DE RESTAURANTES

RESTAURANTE DE POSTÍN

Un señor entra por primera vez en un restaurante muy refinado. Consulta el menú, le hace una tímida señal al camarero y le dice:

—Nunca he probado el caviar, y hoy me he decidido a hacerlo... ¿Podría decirme qué es?

—Son huevos de esturión, señor.

—Estupendo... *¡Entonces tráigame dos, pasados por agua!*

SOPA SIN ESPÁRRAGOS

En un modesto restaurante, un cliente insatisfecho llama al propietario para quejarse:

—¡He pedido una sopa de espárragos y no he encontrado ninguno!
El propietario le replica con malos modos:
—Entonces ¿me está diciendo que cuando usted pide una "tarta de la abuela" *espera encontrarse una abuela dentro*?

LANGOSTA FRESCA

En un restaurante, un cliente escoge del menú un plato llamado "langosta fresca". Cuando se lo sirven, protesta indignado:
—¡Camarero, esto es una vergüenza! ¡He pedido el plato de "langosta fresca" y había un pelo en el plato! ¡Exijo hablar con el cocinero!

El camarero niega con la cabeza y le responde:
—Señor, puedo garantizarle que nuestro actual cocinero no tiene ninguna culpa: es calvo como una bola de billar. *¡El pelo debe de ser del cocinero que trabajó aquí el mes pasado!*

¡PUAJ, QUÉ ASCO!

Un cliente se está quejando al camarero:
—¡Camarero, este bistec sabe asqueroso... como a agua y jabón!
El camarero le responde:
—¡Mire, señor, primero se ha quejado de que el bistec estaba demasiado aceitoso, y ahora, *que se lo he lavado con agua y jabón, tampoco está contento*!

¡TODO COMO ES DEBIDO!

Un señor va a un restaurante, se acomoda, dispuesto a almorzar, cuando de pronto ve una cucaracha paseándose por debajo de su mesa.

—¡Camarero, camarero! ¡Hay una cucaracha debajo de la mesa!

—¡Tranquilo! —le dice el camarero—. *¡Lo que ha pasado es que nos hemos dejado abierta la puerta de la cocina!*

TIQUISMIQUIS

Un cliente muy tiquismiquis y exigente va al restaurante. Tras estudiarse la carta durante media hora, le dice al camarero:

—Camarero, tome nota, por favor: para empezar sírvame unos pimientos fritos, pero no demasiado; de segundo, un plato de pasta, no demasiado cocida; después

un bistec a la plancha, ni demasiado hecho ni demasiado crudo; una ensalada con dos gotas de vinagre; una rodaja de piña con tres medias cucharaditas de azúcar; un café que no esté ni muy caliente ni muy frío; y para beber, agua... agua...
El camarero lo interrumpe, sarcástico:
—Señor, *¿con qué grado de humedad desea el agua?*

LO MÁS FRESCO

Un cliente, en un restaurante, pregunta:
—Camarero, ¿qué es lo más fresco del día?
Y el camarero le responde:
—Hum, *¡la pintura de la silla sobre la que está sentado, señor!*

¡NO ES FÁCIL!

Un señor se acomoda en la mesa de un restaurante. El camarero le pregunta qué quiere comer.

—Tráigame lo que está comiendo aquel señor... el de la mesa de al lado.

Y el camarero le responde:

—Veré qué puedo hacer... *¡¡¡pero no sé si se dejará robar el plato!!!*

¿ACEITUNA O... CUCARACHA?

En un bar muy sucio, un cliente le pregunta a otro:

—Oye, ¿las aceitunas negras tienen patas?

—¡Claro que no!

—Ah —dice el otro con cara de resignación—, *¡pues entonces me acabo de comer una cucaracha!*

ARAÑA

En un restaurante, un cliente llama al camarero y se queja:

—¡Camarero, venga a ver esto! ¡Hay una mosca en la sopa!

Y el camarero, impasible, le responde:

—¡No se preocupe, señor! Ya se la comerá la araña... *¡que hay en la ensalada!*

APETITO

Un cliente se queja al camarero:

—¡Camarero, hace una hora que espero! Si no me traen algo enseguida, se me irá el apetito...

Y el camarero le responde:

—Ah, si es por eso, no se preocupe: ¡en nuestro restaurante *seguirá teniendo hambre incluso después de haber comido*!

RESTAURANTES

UNA MOSCA EN LA SOPA

Un cliente se queja al camarero:

—¡Camarero, camarerooo! ¡Hay una mosca en mi sopa! ¡Exijo que me la cambie inmediatamente!

El camarero se vuelve hacia la cocina y grita:

—¡Oído cocina, *otra mosca para el señor*!

¡CAMARERO PESADO!

Un camarero muy, muy, pero que muuuy tiquismiquis, le pregunta al cliente:

—¿Qué le apetece al señor?

—Pollo.

—¿De gallinero o de explotación industrial?

—De gallinero.

—¿Cocido o asado?

—Asado.

—¿Solo o con guarnición?

—Con guarnición.

—¿Patatas o guisantes?

—Guisantes.

—¿Salteados con aceite o con mantequilla?

—Con mantequilla.

—¿Muy hechos o poco hechos?

—Poco hechos.

—El pollo, ¿muslo o pechuga?

—Muslo.

—¿El derecho o el izquierdo?

CLIENTE SATISFECHO

Una araña pide sopa de primero, se la traen, la inspecciona y le dice emocionada al camarero:

—¡¡¡Camarero, hay una mosca en mi sopa, *felicite encarecidamente al chef*!!!

JEFE DE COCINA

En la cocina de un restaurante entra a trabajar un nuevo friegaplatos.

El jefe de cocina le pregunta:

—¿Cómo te llamas?

—Me llamo Enrique Peláez.

—¡Cuando hables con el jefe de cocina siempre has de usar la palabra “señor”!

—Ah, muy bien... *¡me llamo señor Enrique Peláez!*

GANADORES Y PERDEDORES

—¡Camarero —protesta un cliente en un restaurante—, me ha traído un bogavante con una sola pinza!

—Verá, señor, a veces los crustáceos combaten entre ellos y el que pierde suele quedarse sin pinza...

—Comprendo. ¡Entonces *tráigame el bogavante que ganó*!

¡UNA SIERRA, POR FAVOR!

Un cliente llama al camarero para quejarse de la comida:

—¡Camarero, este bistec está tan duro que parece un tronco!

El camarero se vuelve hacia la cocina sin perder la compostura y grita:

—*¡Una sierra para el señor!*

RECETA DE... ¡CRUCERO!

Una señora viaja a bordo de un inmenso transatlántico.
A la hora de la cena le sirven un plato exquisito: conejo con nata y cebollitas.
Queda tan entusiasmada que va a hablar con el cocinero para pedirle la receta, y el cocinero, la mar de contento, comienza a explicarle los detalles de la elaboración:
—Verá, en primer lugar, tiene que sofreír *cincuenta mil cebollitas con quince litros de aceite, añadir 10 litros de nata y medio kilo de sal...*

¡UNA RATA!

Una señora empieza a chillar, totalmente fuera de sí:
—¡Camarero, camarerooo! ¡Hay una rata en la sopa!

El camarero, impertérrito, le responde:
—Señora, no hay para tanto, *¿no ve que está muerta?*

¿NERVIOS?

En un restaurante, un cliente grita enfurecido:
—¡Camarero, camarero! ¡Tráigame otro bistec, que este está histérico!
El camarero le pregunta con extrañeza:
—¿Histérico, ha dicho?
—Pues claro, *¿no ve la cantidad de nervios que tiene?*

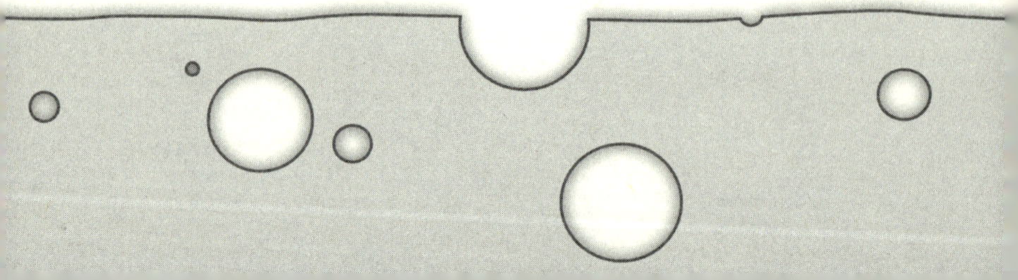

CHISTES DE ANIMALES

OLIMPIADAS ANIMALES

En la selva han comenzado las Olimpiadas de los Animales en medio de una gran expectación. La primera carrera es la de los cien metros lisos. En ella participan muchos animales, pero a medida que la prueba avanza, cada vez más participantes se van quedando por el camino. Al final sólo siguen compitiendo el elefante y la hormiga. De pronto se oye un ruido. ¡Plof! El elefante acaba de pisar a la hormiga.

Todos los animales de la selva gritan:

—¡Cómo has podido hacerlo! ¡Asesino!

Y el elefante alega en su defensa:

—*¡Pero si yo sólo quería hacerle la zancadilla!*

PREGUNTA ABSURDA

¿Qué es blanco y negro y hace mucho ruido?

¡Una cebra con un tambor!

LA OPINIÓN DE UNA VACA

Un turista pasea por un prado y ve una vaca pastando.

El turista mira el cielo y se dice a sí mismo:

—No me extrañaría que lloviera...

La vaca también mira hacia arriba y a continuación le dice al turista:

—¡Lloverá seguro!

El turista se queda blanco y está a punto de desmayarse, pero logra recuperarse y corre hasta una casa de campo cercana.

Sale el campesino dueño de la casa y el turista le pregunta:

—Disculpe, ¿es suya esa vaca que hay en el prado?

—Sí, ¿por qué?

—¡Porquc habla! ¡Ha dicho que lloverá seguro!

El campesino sacude la cabeza y dice:

—Bah, no le haga mucho caso... *¡Suele equivocarse!*

FUNERALES DE HORMIGA

Un turista busca desesperadamente una habitación de hotel en una ciudad, pero no queda ninguna libre.

Llega al último hotel y le dice al recepcionista:

—¡Quisiera una habitación!

—Sólo nos queda una, pero está llena de hormigas —le responde el conserje.

Viéndose sin más opciones, el turista acepta y se resigna a pasar la noche allí.

A la mañana siguiente baja a recepción fresco y descansado.

—Dígame, ¿cómo se las ha apañado para dormir tan bien con todas esas hormigas? —le pregunta el recepcionista.

Y el turista le responde:

—¡Ah, maté una hormiga sin querer y *todas las demás fueron al entierro*!

CABRAS HAMBRIENTAS

Dos cabras hambrientas vagan por el desierto.

De pronto, divisan un rollo de película abandonado en medio de la arena. La primera cabra grita:

—¿Has visto? ¡Por fin, algo que comer!

Y sin más dilación, devora todos aquellos metros de película en pocos segundos.

La otra cabra mira asombrada a su compañera y le pregunta:

—Bueno, ¿qué tal estaba?

Y ésta le responde con indiferencia:

—Bah, qué quieres que te diga... *¡me gustó mucho más el libro!*

MUCHA CLASE

A las cinco de la tarde, en el porche de una gran mansión colonial de la India, tres señoras inglesas muy elegantes toman el té.

De pronto, un gorila surge de entre la jungla, coge a una de las señoras y vuelve a internarse en la maleza con ella.

Una de las señoras que se han salvado bebe un sorbito de té, enarca una ceja y murmura, impasible:

—*¡No sé qué habrá visto en ella!*

LA LLAMA

La profesora le pregunta al alumno:

—¿Sabrías decirme el nombre de un animal que viva en América Latina?

—¡La llama! —responde el niño sin pensárselo.

—¡Muy bien! ¿Y otro animal que viva en la misma zona?

—*¡Otra llama!*

POBRE ANIMAL

Una joven e inexperta bailarina baila ante su profesor un pasaje de la “Muerte del Cisne”.

Cuando ha terminado, intranquila, le pregunta al profesor:

—¿Qué tal lo he hecho?

El profesor sacude la cabeza y dice:

—*Pobre animal...*

IMITADOR

Un imitador se dirige a la platea:

—¡Y ahora, querido público, digan un animal y yo lo imitaré!

Un señor de entre el público pregunta:

—¿Sabe imitar una gallina?

—¡Ya lo creo! —exclama el imitador.

—*¡Pues a ver si es capaz de poner un huevo fresco!*

CÓMICS O FILOSOFÍA

Papá ratón sorprende a su hijo royendo un cómic y lo regaña:
—¿Te parece bonito roer cómics? *¡Yo a tu edad ya roía libros de filosofía!*

PESADILLA

Una oca le explica a otra:
—¡Uf, he tenido una pesadilla horrible!
—¿Ah, sí? ¿Qué has soñado?
—Que dormía en una cama con una almohada de plumas blandísima...
—¿Y eso es tan terrible? —le pregunta su amiga oca.
—*¡Ya lo creo: las plumas eran mías!*

PERROS PASTORES

Dos pastores se encuentran en la montaña y empiezan a hablar de sus perros.

—¡Caray, te sorprenderías si vieras cuán inteligente es mi perro!

—¿Ah, sí? ¿Y qué sabe hacer? —le pregunta el otro pastor.

—¡Uf, de todo! Verás, cuando ya oscurece y las ovejas han de ir al establo, las acompaña y las encierra, él solo. Después les da agua y pienso. Por la noche las vigila y, además me lava la ropa y una vez al año encala la casa.

El otro pastor lo escucha atentamente, pero de pronto se entristece.

—Pues yo tenía un perro... Ni te imaginas cómo era.

—¿Ah, sí? ¿Y qué le pasó?

—¡Murió electrocutado!

—¿Por culpa de un rayo?

—No, qué va... *¡estaba arreglando el televisor!*

SERVICIOS SECRETOS

Un chico que está paseando su perro se encuentra a un amigo.

—¿Te gusta mi perro policía? —le pregunta.

El amigo se queda estupefacto.

—¿Perro policía? ¡Pero si parece un chucho callejero!

El otro le guiña un ojo y le dice:

—Claro, porque *va de incógnito...*

EL COLMO DE UNA PALOMA

¿Cuál es el colmo de una paloma?

Tener... *¡la piel de gallina!*

GALLINA MIEDOSA

Dos gallinas están paseando por el bosque de noche, cuando, de pronto, aparece un lobo.

Las pobres gallinas echan a correr como locas y finalmente logran despistar al lobo.

Una le dice a la otra:

—¡Ay, qué miedo he pasado, pensaba que se nos iba a comer!

Y la otra, sin inmutarse, le responde:

—¡Pues yo no he tenido nada de miedo!

La primera se ríe y le replica:

—¡No seas embustera, *pero si se te ha puesto toda la carne de gallina*!

PERRO SUPERDOTADO

Un tipo entra en un bar y explica:

—Una vez tuve un perro superdotado, era muy, pero que muuuy inteligente.

La gente que hay en el bar siente curiosidad.

—¡Caramba, qué fuerte! ¿Y qué hacía?

—Era tan tan inteligente, que podía decir su nombre.

—¿Ah, sí? ¿Y cómo se llamaba?

—Se llamaba... *¡Guau-guau!*

UN GATO NEGRO

Un ratón muy asustado avisa a otro ratón:

—¡Cuidado, que está a punto de llegar un gato negro!

El otro ratón le responde:

—Psé, me da igual... *¡no soy nada supersticioso!*

¡SUPERGATO!

Una señora le dice a otra:

—¡Que sepa que mi gato acaba de dejar inconsciente a su perro de un golpe!

—No me creo nada... ¡Si mi perro es un dóberman!

—¡Ya, pero resulta que *mi gato es hidráulico*!

PREGUNTAS EXTRAVAGANTES

¿Qué hacen los elefantes en la jungla de dos a tres?
¡Clases de paracaidismo!

¿Y por qué los cocodrilos son tan planos?
¡Porque pasean por la jungla de dos a tres!

PECES AHORRADORES

¿Dónde guardan el dinero los peces?
¡En los bancos de arena!

EL COLMO DE UN PEZ

¿Cuál es el colmo de un pez?
¡Ahogarse en un vaso de agua!

EN EL ASCENSOR

Un elefante trabaja de ascensorista en un rascacielos. Entra un ratón en el ascensor, y el elefante le pregunta:
—¿Qué piso?
Y el ratón le responde con voz compungida:
—*¡¡¡Mi colitaaaa!!!*

CHISTES DE DEPORTES

EL GRAN SLALOM

¿Qué es lo único que, por muy deprisa que baje por una pista de esquí, nunca se lastima?
¡La nieve!

SILBATO

Una señora llama al médico.

—¡Doctor, mi marido es árbitro y se ha tragado el silbato!

—Ah, no se preocupe —le responde el médico—, *¡ya no va a necesitarlo: se ha acabado el campeonato!*

¡TRES GOLAZOS!

Un niño llega a casa muy contento y le dice a su padre:

—¡Papá, hoy he jugado un partidazo: he metido tres goles!

—¿Ah, sí? ¡Qué bien! ¿Y cómo habéis quedado?

—Hemos *perdido 2 a 1...*

¡QUÉ PACIENCIA!

Un viejecito lleva horas observando a un pescador.

Al final, el pescador no puede más, y le dice:

—¡Hace horas que no me quita el ojo de encima! ¿Por qué no coge una caña y pesca usted?

El viejecito niega con la cabeza y responde:

—Qué va, *yo no tendría tanta paciencia...*

INSOMNIO

Un boxeador le cuenta a su amigo que padece insomnio, y éste le aconseja:

—¿Has probado a contar ovejitas?

—¡Sí —responde el boxeador—, pero *cuando llego a la novena, me pongo en pie de un salto*!

¡GARANTIZADO!

Un señor entra en una tienda de deportes.

—Quisiera un paracaídas.

—Muy bien, tenemos éste, totalmente garantizado.

El cliente pregunta, receloso:

—¿Garantizado? ¿De verdad?

—Ya lo creo. Mire, usted tira de la cuerdecita roja y el paracaídas se abre.

—¿Y si no se abre?

—¡Entonces tira de la cuerdecita azul!

—¿Y si no se abre?

—¡Tira de la cuerdecita amarilla!

—¿Y si no se abre?

—¿Tira de la cuerdecita lila?

—¿Y si no se abre?

—Pues mire, entonces me lo trae... *¡y le devolveré el dinero!*

RALLY PARÍS-DAKAR

Un piloto va conduciendo mientras su copiloto le da instrucciones. En un momento dado, le dice:

—Escucha, para ir más deprisa, en lugar de decirte “gira a la derecha”, te diré GALDA, ¿de acuerdo?

—Vale —le responde el piloto alzando el pulgar.

—Y cuando tengas que girar a la izquierda te diré GALI, ¿entendido?

—Muy bien —asiente el piloto.

Al cabo de un rato, el copiloto grita:

—¡GALDA, GALDA... FAI!

Y se dan un batacazo histórico, de esos que hacen época. El coche se estrella contra una pared. Los dos despiertan en un hospital, enyesados de la cabeza a los pies. El piloto abre los ojos y le dice a su compañero:

—Una pregunta... ¿¿¿qué narices quiere decir FAI???

Y el copiloto masculla:
—Muy fácil... significa *¡FRENA, ACCIDENTE INMINENTE!*

Escucha...

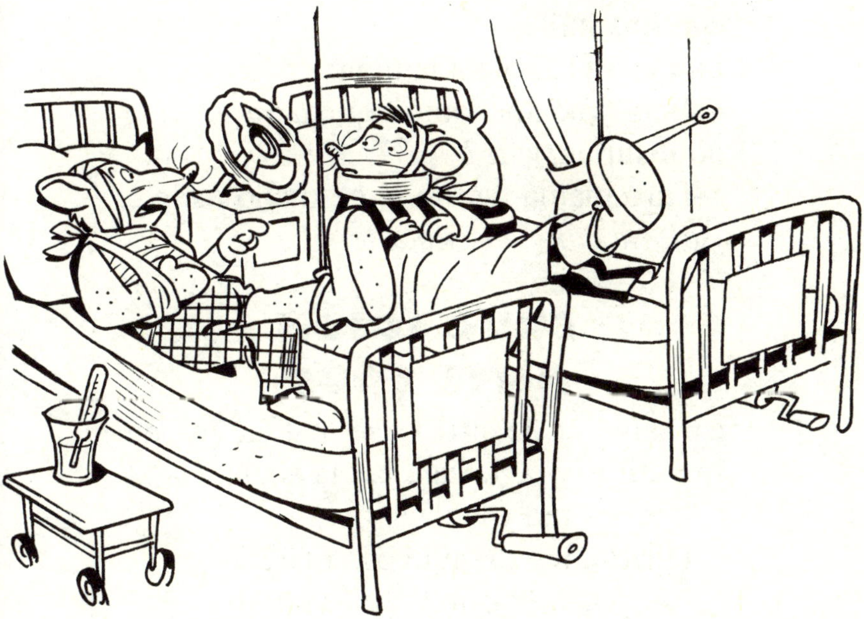

NO SE LO DIGAS

La madre de Marcos le compra una raqueta nueva por su cumpleaños. La esconde debajo de la cama y le dice a la hermanita de Marcos que, sobre todo, no le diga nada.
Por la noche, Marcos le dice a su madre:
—¡Caray, que raqueta más chula, gracias, mamá!
La madre regaña a la niña:
—Beti, ¿no habíamos quedado en que no le dirías nada?
—Pero mamá, yo no le he dicho nada... *¡sólo se la he enseñado!*

EDUCACIÓN ANTE TODO

Un saltador de altura cae mal en uno de sus saltos y se le sale la clavícula. Va al fisioterapeuta y le dice:
—Doctor, tengo un hueso fuera.
—Ah, ¡pues hágale pasar, hombre!

FÓRMULA 1

En el médico.

—¡Doctor, doctor, desde que fui a ver el Gran Premio de Fórmula 1 estoy convencido de que soy un coche de carreras!

—Entiendo... voy a examinarlo. Para empezar, quiero que abra bien la boca y diga: *¡broooom... broooom...!*

UN PEZ... ¡DELGADUCHO!

Un pescador que ha estado pescando en los Mares del Sur presume ante un amigo:

—¡Pesqué un pez enorme, pesaba cien kilos, como mínimo. Pesaba tanto que no podía sacarlo del agua, estuvimos una hora luchando, él tirando hacia aquí, yo tirando hacia allá. Fue una lucha increíble, verlo para creerlo. ¡Por cierto, mi mujer me hizo una foto con el pez!

El amigo mira la fotografía, guarda un momento de silencio y por fin musita:

—Pues a mí no me parece tan grande, cómo máximo debe de pesar unos diez kilos.

El otro, molesto, le replica:

—¡Claro que pesaba cien kilos, *pero de tanto tirar de la caña adelgazó un montón...*!

EL MAPA DE LOS SCOUTS

Una patrulla de scouts sale de excursión a la montaña.

De repente, el jefe de patrulla repara en que están perdidos. Con los nervios no

mira dónde pisa, tropieza y cae, y todas las provisiones que llevaba en la mochila se desparraman.

Saca el mapa de la mochila, y mientras trata de orientarse, murmura:

—Esto... veamos... nos encontramos aquí, cerca de la mancha de mermelada... Hemos de llegar a la Nacional 15, y después de atravesar la zona de la mostaza, seguiremos por este tramo señalado con mantequilla, vadearemos la zona pintada de marrón chocolate y por fin llegaremos a nuestro campamento base, *indicado con esta huella de salsa de tomate...*

CHISTES DE MAX Y MORITZ

MAX Y MORITZ

CARNE O PESCADO

Max le dice a Moritz:
—¿Sabes, Moritz?, ya hace años que como carne, mucha carne, y por eso me siento fuerte como un buey.
Moritz se rasca la cabeza y comenta:
—Caramba... pues yo hace un montón de años que como pescado, *y aún no sé nadar...*

BARRIO

Max y Moritz están dando un paseo por el barrio de éste último. En un momento dado se cruzan con un gato negro, que al verlos maúlla:
—¡Buenos días, Moritz!
Max se queda patidifuso:
—¡Has oído eso! ¡Es increíble!
—¿Te parece increíble? —le pregunta Moritz—. Bah, no veo por qué... *¡en este barrio nos conocemos todos!*

EL CONSEJO DEL DOCTOR

Max va a ver a Moritz a su casa. Cuando entra, lo encuentra sosteniendo una bolsa de hielo sobre una esquina de la mesa. Max le pregunta:

—¿Qué haces?

Moritz le responde:

—Me he dado un golpe con la esquina de la mesa, y el médico me ha dicho *que aplicara una bolsa de hielo...*

¡QUÉ LISTO!

Max le dice a Moritz:

—Eh, Moritz, préstame diez euros... ¡pero dame sólo cinco!

—¿Y por qué te he de dar sólo cinco?

—¡Porque así tú me deberás cinco, y como yo también te deberé cinco a ti, entonces ya estaremos en paz!

¡SERÁ COTILLA...!

Max le pregunta a Moritz:

—¿Quién te ha enviado esa carta que acabas de recibir?

—¿Por qué quieres saberlo? —le pregunta Moritz.

—Vaya, *¿nadie te ha dicho nunca que eres muy cotilla?* —le replica Max.

¡MENUDO ESFUERZO!

Max le dice a Moritz:

—Oye, Moritz, ya hace un año que me debes cien euros. He decidido hacer un esfuerzo y echarte una mano, así que olvidaré la mitad de la cifra.

Moritz, agradecido, le responde:

—*¡Estupendo, Max, yo también haré un esfuerzo y olvidaré la otra mitad!*

MÚSICA... ¡LIGERA!

Max le explica a Moritz:

—¡Pasaba por debajo de una ventana y me ha caído una radio en la cabeza!

—¡Pobrecillo! ¿Te ha dolido mucho? —le pregunta Moritz.

—¡¡¡No, qué va, por suerte en ese momento *estaba sonando música ligera*!!!

SECRETO SECRETÍSIMO

Max le comenta a Moritz:

—¡Mi prima me ha contado aquel secreto que yo te dije que no le contaras!

Y Moritz le responde:

—¡Pero si le había dicho que no te dijera que yo se lo había dicho!

Max añade:

—Tú siempre tan bocazas... *¡En cualquier caso, te agradecería que no le dijeras que yo te dije que ella me lo había dicho!*

A LA MISMA HORA...

Max llama a Moritz y le dice:

—Moritz, perdí el tren, así que no vayas a la estación a buscarme. Saldré mañana a la misma hora.

Y le dice Moritz:

—Hombre, pero no salgas a la misma hora, *¡que lo vas a volver a perder!*

¿TODO... BIEN?

Cuando Max regresa de vacaciones trae muy mala cara.

Moritz le pregunta:

—¿Qué tal, Max, cómo han ido las vacaciones?

Max suspira y le responde:

—Pues verás, aparte de que el viaje en avión fue espantoso, el tiempo una porquería, el mar imposible, los mosquitos mortales, el calor infernal, el ruido incesante, la comida pésima y la cuenta carísima... *¡todo ha ido la mar de bien!*

¡CUÁNTAS PATATAS!

Max le explica a Moritz:

—¿Sabes? ¡Con el dinero que gané en el concurso de las patatas fritas he arreglado la mitad del piso!

—¿Y con la otra mitad del piso, qué has hecho? —le pregunta Moritz.

—*¡Ahí guardo todas las bolsas de patatas fritas!*

SELLOS

Max está regañando a Moritz:

—¡Mira, Moritz, no has de chupar el dorso de los sellos, es muy antihigiénico y podrías contraer alguna enfermedad grave!

Moritz, que no está de acuerdo, le responde:

—¡¡¡Lo que tú digas, Max, pero si chupo la parte de delante, *no se pegan*!!!

GEMELOS

Max le dice a Moritz:

—¡Me caso dentro de tres días!

—¡Caray, qué buena noticia! —dice Moritz—. ¿Es guapa la futura esposa?

—Muy guapa.

—¿Y es simpática?

—¡Muy simpática! ¡Por cierto, es gemela!

—¡Ah, sí? ¿Y cómo te las apañarás para no confundirla?

—No hay problema: *¡¡¡su hermano lleva bigote!!!*

¡LOS HAY CON MUCHA CARA!

Max se encuentra a Moritz por la calle y le dice:

—¡Estoy escandalizado, hoy el carnicero me ha pasado un billete de diez euros...¡falso! ¡Es increíble la cara dura que tienen algunos!

—¿Y tú qué has hecho? ¿Dónde tienes el billete?

—Hombre, *pues se lo he pasado al de la pastelería...*

UF, QUÉ SUEÑO...

Max va a una tienda de muebles a comprar una cama.

—Quiero una cama que sea robusta, pero muy muy muy robusta.

El dependiente le muestra una cama muy recia.

—¡Nooo, ni pensarlo, necesito que sea mucho muuucho más robusta!

El dependiente, intrigado, le pregunta:
—¿Y por qué ha de ser tan robusta, si puede saberse?
—Verá, es que tengo el sueño *muuuy pesado...*

UNA CITA

Max está enfadado con Moritz por su impuntualidad:
—¡Ya te vale, has llegado una hora tarde! *¡¡¡Llevo esperándote quince minutos!!!*

¡NO SE HABLE MÁS!

Max le dice a Moritz:
—Hum, perdona, Moritz, pero me debes mil euros...
—¡¡¡Estás perdonado, Max, *no se hable más*!!!

VETERINARIO

—¡A mí siempre me habría gustado ser médico! —dice Max.

—¿Con esta cara que tienes? —le responde Moritz—. ¡A lo sumo habrías podido llegar a veterinario!

—¡Sí, hombre, y qué más! —le replica Max—. A ti te habría gustado que yo fuera veterinario *para curarte gratis...*

LAS NUEVE...

Max y Moritz están en el bar.

—Moritz, ¡te invito a un café!

—No, gracias, amigo, es que el café no me deja dormir —le responde Moritz.

—¡Pero si son las nueve de la mañana!

—En efecto... *¡y estoy a punto de entrar en la oficina!*

SIN ALIENTO

Max y Moritz están comiendo en un restaurante. El primero le explica que ha estado en un safari y le detalla las aventuras vividas. Moritz, muy impresionado, le dice:

—¡Guau, el relato de tus aventuras me ha dejado sin aliento!

—¡Menos mal —le responde Max—... porque *has comido sopa de ajo*!

NO ES NINGÚN SECRETO... ¡TE LO JURO!

Max está hablando con Moritz:

—Tengo un secreto (que sólo yo conozco): Para gozar de buena salud... ¡no

hay nada como comerse una cabeza de ajo al día!
Moritz le responde (tapándose la nariz):
—¡Ufff! Max, *te juro que no es ningún secreto...*

ARTE MODERNO

Max y Moritz están visitando un museo de arte moderno y conversan.

—He de confesarte que no entiendo un pimiento de arte moderno —reconoce Max.

Moritz, dándoselas de experto, le responde:

—Te daré un consejo que te será de gran utilidad: si es algo que cuelga de la pared, es un cuadro. En cambio, si puedes mirártelo por los cuatro lados, *¡entonces es una escultura!*

¿MUERTA... O VIVA?

Max y Moritz están cenando en un restaurante. Max encuentra una mosca en la sopa.

Moritz llama al camarero.

—Camarero, hemos encontrado una mosca muerta en la sopa.

Y el camarero responde, sin inmutarse:

—¿Muerta? ¿Cómo es posible? *Si cuando salió de la cocina... ¡aún estaba viva!*

EL LIBRO EXTRAVIADO

Max se encuentra a Moritz por la calle.

—Moritz, ¿adónde vas con este libro bajo el brazo?

—¡Me lo he encontrado en la calle y ahora iba a devolvérselo a su propietario!

—¿Ah, sí? ¿Y ya sabes de quién es?

—¡¡¡La verdad es que no lo sabía, pero he tenido suerte, porque en la cubierta pone que *es de un tal Cervantes*!!!

¿Y LA PIZZA?

En el restaurante, Max está regañando a Moritz:
—¡Has aprovechado que he ido al aseo para comerte mi pizza Caprichosa!
Moritz protesta:
—¡Embustero! ¡Eso no es verdad! ¡No me la he comido, y además, no era una Caprichosa, tenía muy poca mozzarella... *y no estaba nada buena*!

¡NO TE PREOCUPES!

Max está paseando con Moritz por las calles de la ciudad. De pronto, Max grita:
—¡Deprisa, cambiemos de acera... por allí viene Venancio, al que debo veinte euros!
Moritz, sin embargo, lo tranquiliza:
—Bah, no te preocupes, ya verás como es él quien cambia de acera para evitarnos... *¡Me debe cien euros!*

NO, ¿POR QUÉ?

Max le pregunta a Moritz:
—¿Sabes por qué el calendario siempre está triste?
—No, ¿por qué?
—Está clarísimo: *¡porque tiene los días... contados!*

CHISTES DE ORDENADORES

MANCHITAS

Dos amigos están sentados ante un ordenador.

—¿Sabes? —le dice el uno al otro—, me parece que paso demasiadas horas delante del ordenador navegando por internet. A menudo veo una especie de manchitas...

—¿Has visto a un oculista?

—¡No, no, *sólo he visto manchitas*!

ADIVINANZA

¿Qué consigues tecleando mil veces "ASDFASDFASDFASDFASDFASDFA.COM?"

¡Un dolor de dedos impresionante!

OBSESIÓN

—¡Doctor, doctor, mi marido lleva meses creyéndose que es un ordenador! ¡Yo ya me había resignado, pero es que ahora está peor: dice que está averiado!

—Tranquila, señora, *¿ha probado a reiniciarlo?*

FÁCIL SOLUCIÓN

—¡Doctor, doctor! ¡Creo que me he pasado usando el ordenador tantas horas! ¡Veo doble!

—No se preocupe, no es grave. ¡Cuando vaya por la calle, *cierre un ojo, y problema resuelto*!

ORDENADORES

¿INTELIGENTE?

Una chica le explica a su amiga:
—¡Mi gato se pasa toda la noche navegando por internet!
—¡Caray! ¡Sin duda ha de ser un gato muy inteligente!
—¿Inteligente? Tampoco hay para tanto... *¡Piensa que el canario se tiró dos meses enseñándole cómo hacerlo...!*

IDEA FIJA...

Un hombre llama al médico.

—¡Doctor, creo que estoy fatal! ¡Se me ha metido en la cabeza que soy un ordenador!

—¡Lo primero que tiene que hacer —le dice el médico— es venir a mi consulta cuanto antes!

—¿Y cómo quiere que vaya a su consulta? *¡Estoy enchufado y el cable no llega!*

MEMORIA

—¿Qué pasa cuando cruzas un elefante y un disco duro?

—¡Que tienes un disco duro con una memoria... *de elefante*!

¡TIC-TIC-TIC!

Una madre al límite de su paciencia llama a su hijo:

—¡Baaaaasta! ¡Como no deje de oír de una vez el tic-tic-tic del teclado, voy a volverme completamente chalada!

—¡Pero mamá —protesta el niño—, *si hace una hora que he dejado de teclear...*!

¿DESDE CUÁNDO?

—¡Doctor, doctor, doctoooooor! ¡Me he pasado tanto rato delante del ordenador que creo que he perdido la memoria!

El médico se lo queda mirando y le dice:

—¿Desde cuándo le sucede?

—¿Desde cuándo me sucede qué?

NUNCA A UN PINGÜINO

¿Por qué no puedes permitirle a un pingüino que utilice tu ordenador?
Porque siempre está mojado, *¡¡¡y con tanto goteo podría estropearte el teclado!!!*

¡NO QUIERO CONSEJOS, GRACIAS!

Un chico muy joven está instalando un programa en su ordenador.
—¿Quieres que te dé un consejo? —le dice su padre.
—Gracias, papá, pero no, *¡prefiero estropearlo yo solo!*

ENTRE PECES

Dos pececillos van nadando por el mar. Uno le pregunta al otro:

—¿Tú navegas por internet?

—¡Nunca! —le responde—. ¡¡¡Mi madre me ha dicho que *me mantenga alejado de la red*!!!

AGUA Y JABÓN

Un tipo entra quejándose en una tienda de informática:

—¡Desde que limpié el ordenador, ya no funciona!

—¿Cómo lo ha limpiado? —le pregunta la dependienta.

—¡Con agua y jabón, por supuesto!

La dependienta le explica, horrorizada:

—¡Ha sido el agua lo que lo ha estropeado! ¡No debe usarla nunca!

—¿Está segura? Yo diría que lo que lo ha destrozado no ha sido el agua y el jabón... *¡sino el centrifugado!*

LA DIFERENCIA

Dos amigos están charlando.

—¿Sabes cuál es la diferencia entre un dedo y un martillo?

—Hum... no sabría decirte.

—¡Ah, pues en ese caso *no te dejaré usar el teclado de mi ordenador*!

¡VEO DOBLE!

—¡Doctor, he pasado demasiado tiempo ante el ordenador, y ahora veo doble!

—Comprendo... Siéntese y explíquemelo con más detalle. Coja una silla...

—Disculpe, *¿cuál de las dos he de coger?*

TÉCNICO INFORMÁTICO

Un hombre llama al técnico informático para que le arregle el ordenador.

—Quisiera que lo arreglara enseguida, Además, estoy un poco nervioso porque es nuevo y lo tengo en gran estima...

El técnico le responde:

—¡No se preocupe, desde que me dedico a arreglar ordenadores sólo he estropeado uno!

—¿Ah, sí? ¿Y cuántos ha reparado hasta ahora?

—Hum... *éste es el segundo...*

¡TOTALMENTE SONADO!

Un amigo le dice al otro:

—Mi proveedor de informática está como una cabra.

—¿Ah, sí? ¿Y por qué?

—*¡¡¡Porque tiene los cables cruzados!!!*

¡BUCLE!

Mensaje de error:

"No se ha podido detectar ningún teclado, *pulse cualquier tecla para continuar*".

CHISTES DE CAMPESINOS

LA TORTILLA

Un campesino se encuentra con otro.

—Hola, Pedro, ¿qué tal?

—Tengo una gran noticia. ¿Sabías que he encontrado una gallina que pone huevos de oro?

—¡Caray, Pedro, tú sí que tienes suerte!

—No te creas... *¡No hay modo de hacer una buena tortilla con ellos!*

¿Y LA VACA NEGRA?

Un urbanita está dando un paseo por el campo.

En un camino se cruza con un campesino que lleva dos vacas, una blanca y una negra. Picado por la curiosidad, el hombre le pregunta al campesino:

—A ver si me saca de dudas, buen hombre: ¿cuánta leche producen sus vacas en un día?
—La blanca da unos diez litros al día.
—¿Y la negra?
—¡También!
—¿Cuántas horas pastan al día?
—La blanca, unas cinco horas.
—¿Y la negra?
—¡También!
—¿Cuánto pesan?
—La blanca, un quintal y medio.
—¿Y la negra?
—¡También!
—¿Cuánto heno comen?
—La blanca, ocho kilos al día.
—¿Y la negra?
¡También!
—¿Cuánto le costaron?
—La blanca, treinta mil euros.
—¿Y la negra?
—¡También!

El hombre, desconcertado, le dice:

—Disculpe, ¿por qué, cada vez que le hago una pregunta, usted sólo habla de la vaca blanca?

—Porque la vaca blanca es mía.

—¿Y la negra?

—*¡También!*

OVEJAS Y LLUVIA

Un rebaño de ovejas está pastando en un prado. De pronto empieza a llover. El pastor llama a su hijo y le ordena:
—Vamos, espabila y ponlas enseguida a cubierto, *¡no sea que con el agua se encoja la lana!*

SETAS... ¡FRESQUÍSIMAS!

Un turista pasa por delante de una casa de campo y ve que el campesino tiene una cesta llena de setas en la entrada.
—Caramba, qué buena pinta tienen estas setas...

—Ya lo creo, las he cogido esta mañana —le explica el campesino—, en el bosquecillo que hay un poco más arriba de la casa.

—Pues me llevaré un par de kilos y se los pagaré mañana.

—Ah, no —responde el campesino—, de eso nada, los ha de pagar ahora mismo. Si resulta que son venenosos, *¿quién me los pagará mañana?*

VACA CON TURBO

Un hombre de ciudad detiene su Maserati junto a un campesino que hacía autoestop en la carretera acompañado de su vaca.

—Usted puede subir, pero la vaca no cabe...

—¡No se preocupe por la vaca, ella nos seguirá corriendo!

El conductor no da crédito a lo que oye:

—Pero ¿cómo quiere que nos siga?

El campesino esboza una sonrisa y le dice:

—¡Usted arranque, y ya verá! ¡Conozco bien a mi vaca!

El conductor pone la primera...

La vaca sigue al coche...

Pone la segunda...

La vaca sigue al coche...

El conductor pone la tercera...

La vaca sigue al coche...

El conductor pone la cuarta...

La vaca siguc al coche...

El conductor, alucinado, acelera, acelera cada vez más.

Por fin, mira por el retrovisor y ve que la vaca saca la lengua.

Se vuelve hacia el campesino y le dice:
—Su vaca ha sacado la lengua, eso significa que ahora sí está cansada.
El campesino se da un buen hartón de reír y le replica:
—No, hombre no, ¡qué va a estar cansada! ¡Lo que pasa es que usa la lengua como intermitente, *le está indicando que va a adelantarlo*!

OVEJITAS

Un turista observa un gran rebaño de ovejas pastando, se acerca al pastor y le dice:

—¡Buenos días! Tiene usted un rebaño muy numeroso. ¿Cuántas ovejas debe de haber en total?

—¡Pues la verdad es que no tengo ni idea —le confiesa el pastor—, *cada vez que intento contarlas, me acabo durmiendo*!

CUATREROS

Dos cuatreros deciden ir a robar vacas. Uno le dice al otro:

—Llevaremos la escopeta, y para poder acercarnos sin que nos vean, nos disfrazaremos de vacas.

Se ponen el disfraz y van a robar vacas con la escopeta. Al cabo de un rato, de pronto, uno le dice al otro:

—¡Hey, dame la escopeta, rápido!
—¿Por qué, acaso viene una vaca?
—¡No, es un toro, *y creo que se ha enamorado de mí*!

CURVA DIRECTA AL HOSPITAL

Un conductor conduce un flamante deportivo a toda velocidad, derrapa, frena en seco levantando una gran nube de polvo y le pregunta a un campesino:
—Eh, tú... sí, tú... ¿Cómo se va al hospital?
El campesino esboza una sonrisa y le dice:
—¿Ves esa curva cerrada que hay en la carretera, ahí abajo? ¡¡¡Pues si quieres ir derecho al hospital, cuando llegues allí, *sigue recto*!!!

CHISTES DE MÉDICOS

ESTADO DE SALUD

Un médico le pregunta a su paciente:

—¿Qué tal, cómo se encuentra?

—Escuche, doctor, ¿por qué se cree que he venido? *¡¡¡Eso tendría que decírmelo usted, ¿no?!!!*

UNA MEDICINA ESPECIAL

Juanito le dice a Pepito:
—¿Sabes? ¡He descubierto una medicina milagrosa para la memoria...
—¡Caramba, qué bien! ¿Cómo se llama?
—Hum... *¡Ahora mismo no me acuerdo!*

CUANTO MÁS TIEMPO PASA...

Una viejecita va al hospital. La enfermera le da una hoja de papel y le dice:
—¡Señora, escriba aquí cuántos años tiene!
—¿Quiere que escriba mi edad?
—Eso mismo.
Viendo que la anciana vacila, la enfermera suspira y le dice:
—¡Escriba, señora, escriba, *que cuanto más tiempo pase, más empeorará la situación*!

ASÍ ASÍ...

Un médico visita a su paciente.
—¿Qué, cómo le ha ido el remedio que le di para el resfriado?
—Hombre, así, así...
—¿Cómo es eso? ¿Ya se toma el zumo de naranja después del baño caliente?
Y el paciente le responde:
—¿Sabe qué pasa, doctor? *Que después de beberme toda el agua del baño caliente, el zumo ya no me entra...*

ENGORDARSE

—¡Doctor, doctor, doctooor! ¡Me he engordado setenta kilos!
—No se preocupe, señora —la tranquiliza el médico—. Y ahora abra la boca y diga *muuuuu...*

TURNOS

Dos ancianos, marido y mujer, van al restaurante.

El viejecito pide:

—¡De primero una sopita y de segundo un bistec a la plancha!

—¿Y usted, señora? —pregunta el camarero.

—Para mí, al revés: ¡bistec a la plancha de primero, y después la sopita!

—Pero ¿no sería mejor que los dos empezasen por la sopa y después se comiesen el bistec?

Los dos viejecitos sueltan un suspiro y le responden:

—Sí, claro, pero hemos de hacer turnos... *sólo tenemos una dentadura postiza para los dos...*

¡EN ESTADO DE CHOQUE!

Una chica regresa a casa tras el examen de conducir.

—¿Qué tal ha ido? —le pregunta su madre.

—Bien, yo diría que bastante bien.

—¿Y qué te ha dicho el examinador?

—Hum, *está en el hospital, en estado de choque...*

UN GRAN MÉDICO

Dos amigas se encuentran por la calle, y una le explica a la otra:

—Me acaba de visitar mi nuevo doctor. Tú también tendrías que ir a su consulta... ¡Te encantará!

—Te agradezco la recomendación —le responde la otra—, pero, afortunadamente, no me hace falta. ¡Me encuentro la mar de bien!

—¡Piensa —insiste la primera— que es tan bueno que, si se lo propone, *seguro que a ti también te encuentra alguna enfermedad*!

¡AAAAAAAY!

En la consulta del dentista se oye un grito desgarrador:

—¡Aaaaaaaaaaaaay!

El dentista regaña al cliente:

—¿Quiere usted hacer el favor de comportarse, señor mío? ¡Aún no le he tocado ningún diente!

—¡Puede que no me haya tocado un diente, *pero ya lleva un buen rato pisándome el pie*!

¡¡INCREÍBLE!

En el hospital hay un tipo vendado de pies a cabeza. Está tan grave que nadie alberga esperanzas.

A su alrededor hay diez médicos examinándolo, y todos están de acuerdo en que su caso no tiene remedio.

Sin embargo, el enfermo se recupera de pronto, vuelve en sí y abre los ojos. Al ver toda aquella cantidad de médicos que lo rodea, exclama:

—¡Pero qué hace aquí tanto idiota junto!

Uno de los médicos comenta, sorprendido:

—¡Es increíble! ¡Nos ha reconocido!

EL SECRETO

Un reportero entrevista a una señora muy anciana el día que cumple cien años.

—Dígame, señora, ¿cuál es el secreto de su longevidad?

Ella le responde con una sonrisa pícara:

—Todo consiste en no tener prisa...

MAÑANA Y NOCHE

Un médico regaña a su paciente porque está muy obesa:

—¡Señora, le dije que sólo hiciera una comida en todo el día!

—¡Pero si es lo que he hecho, doctor! —le responde ella.

—¡Sí señora —replica él, furioso—, pero *no me refería a que se pasara todo el día comiendo sin parar*!

¡ESTOY CURADO!

Un hombre que llevaba años visitando al psiquiatra porque estaba convencido de que era un perro, vuelve a la consulta.

—¡Felicidades —le dice el psiquiatra—, ya está curado!

El paciente suspira aliviado y exclama:

—¡Qué bien, *estoy tan contento que no puedo dejar de mover el rabo*!

PADRE INEXPERTO

Un padre primerizo está solo en casa con su hijito enfermo. Llama al médico:

—¡Doctor, doctor, mi hijo tiene cuarenta de fiebre!

El médico acude a toda prisa y cuando llega lo primero que hace es ponerle el termómetro al niño.

—¿Por qué me ha dicho que estaba a cuarenta? ¡Tiene treinta y seis con cuatro!

—Pues claro, *¿y cuánto son treinta y seis más cuatro? Pues cuarenta, ¿no?*

NIEBLA ESPESA

Un señor telefonea al médico:

—¡Doctor, mi esposa está convencida de que es un avión!

—¡Caramba—exclama el médico—, pues tráigala a la consulta cuanto antes!

—¡Doctor, no sé cuándo podrá venir. Ahora mismo está en vuelo... ¡además, en el aeropuerto hay mucha niebla y *a lo mejor la hacen desviar hacia otra ciudad*!

AMBULATORIO

Un pobre hombre acude al ambulatorio y le pide consejo al médico:
—Verá, doctor, vivimos en un piso pequeño mis tres hermanas y yo. Una tiene cuatro perros, la otra siete gatos, y la tercera está criando ocho conejos... Como puede imaginarse, la casa apesta de lo lindo. ¿Usted qué haría?
El médico medita su respuesta y por fin dice:

¿Ha probado a abrir las ventanas de par en par? Así circularía el aire...
El hombre le replica, horrorizado:
—Sí, hombre, ¡¿y qué más?! *¿No ve que entonces se escaparían mis cincuenta palomas?*

¡Cómo apesta!

MANÍA PERSECUTORIA

Un paciente acude al psiquiatra. Tras examinarlo, el médico concluye:
—Hummm, ¡usted padece manía persecutoria!
Pero el paciente le replica, muy alterado:
—Eso no es cierto, doctor, *¡en realidad dice eso porque es usted quien me tiene manía a mí!*

AUTOPSIA

Un señor acompaña a su abuelo al hospital porque han de operarle una pierna. Espera fuera del quirófano hasta que por fin aparece el médico, y le pregunta:
—Doctor, ¿cómo ha ido la operación?
El médico se pone pálido y balbucea:
—Glups... ¿Operación? Pero ¿no era una autopsia?

EL SOCIO QUE NECESITO

Un dentista llega a casa y a la hora de la cena le dice a su esposa:

—El negocio va fatal...

—¿Ah, sí? ¿Y qué piensas hacer?

—He decidido buscarme un socio.

—¿Otro dentista?

—No... *¡un fabricante de turrones!*

¡DOCTOR, DOCTOOOOR!

Un señor va a la consulta de un psiquiatra, y le dice:

—¡Doctor, doctor, doctooooor! ¡Hablo mientras duermo!

—¡Bah, no se preocupe, no es grave! —le responde el médico.

—Sí que es grave —exclama el paciente—: *¡a mis compañeros de oficina les molesta muchísimo!*

CHISTES DE TRABAJOS Y PROFESIONES VARIAS

OFICIOS DE RIESGO

¿Quién acaba todos los días debajo de los coches y sale siempre ileso?
¡El mecánico!

¡PUES CLARO QUE LO SÉ!

Un tipo entra en un banco, se dirige a una de las ventanillas y le dice al empleado:
—Buenos días, quisiera cambiar este billete de cien euros.
El empleado se mira el billete y le dice:
—Oiga, ¿ya sabe que este billete es falso?
—¡Pues claro! —le responde el individuo—. *¿Por qué cree que quiero cambiarlo si no?*

EL CAMIÓN DE LAS OSTRAS

En la frontera, un aduanero muy quisquilloso para un camión frigorífico.
—¿Qué lleva en el camión? —le pregunta al camionero,
—¡Ostras! —le responde éste.
—Hummm... pues quiero inspeccionarlas. *¡Ábralas todas!*

¡PASTA DENTÍFRICA DE COMBATE!

Una señora entra en una farmacia con un tubo de pasta de dientes en la mano.
Se dirige al farmacéutico y le dice, indignada:
—¡Cuando compré este dentífrico me dijo que combatía la caries, pero sigo teniendo!

El farmacéutico le responde:

—Yo le garanticé que combatía la caries... *¡pero no le aseguré que siempre saliera vencedor!*

¡VAYA PRECIO!

Dos ladrones están comentando la jugada frente al escaparate de una joyería.

—¡Vaya, este género es cosa fina!

—¿Tú cuánto crees que puede valer un anillo de diamantes como éste?

—Bien... yo diría que... *¡unos tres años de cárcel!*

FARMACÉUTICO LISTILLO

Un hombre entra en una farmacia.

—Buenos días, deme algo que me haga sudar.

Al momento, el farmacéutico saca de debajo del mostrador dos bolsas enormes cargadas con la compra, se las da y le dice:

—Lleve estas bolsas a la calle del Quinto Pino número 23, quinto piso, sin ascensor. *¡Ah, y no se entretenga por el camino!*

¡DEMASIADO TARDE!

Una señora entra en la charcutería y le dice al dependiente:

—¡Ayer me devolvió mal el cambio, se equivocó de veinte euros!

El dependiente le dice con malos modos:

—¡Lo siento, señora, pero ya es demasiado tarde... tendría que habérmelo dicho ayer!

La señora se ríe y le responde:

—Ah, si usted dice que es demasiado tarde... ¡me parece perfecto! *¡Me quedo los veinte euros de más que me dio y santas pascuas!*

BÁSCULA EMBUSTERA

Una señora entra con su marido en una farmacia porque ella quiere pesarse y le han dicho que allí tienen una báscula de última generación: ¡hasta dice el horóscopo!

La señora sube a la báscula y se oye un ruidito: ¡bzzzzzzzzzzzzzz!

A continuación sale un papel por una ranura.

El marido lo coge y lee en voz alta:
—La báscula dice que eres muy atractiva, inteligente, razonable, sensible, dulce y divertida...
Entonces le da la vuelta al papel y protesta:
—*¡¡¡Caray, esta máquina también se equivoca con el peso!!!*

EL DOCTOR CHORLITO

Un señor entra en una farmacia y le dice a la dependienta:

—Me duele la barriga; ¿qué podría tomarme?

—Creo que lo que mejor le irá son las “famosas pastillas del doctor Chorlito” —le aconseja la farmacéutica.

—¡Ah, no, eso sí que no! ¡Deme lo que sea, cualquier cosa, todo menos esa porquería!

—¿Por qué dice eso?

—*¡Porque el doctor Chorlito soy yo!*

TRABAJO ELECTRIZANTE

Un joven se presenta a una entrevista laboral.

—Buenas, venía por lo del puesto de electricista.

—¿Tiene usted experiencia en el ramo de la electricidad? —le pregunta el entrevistador.
—¡Uf, ya lo creo, —responde el joven—, *me he electrocutado un montón de veces*!

¡A MEDIDA!

Una señora va a la modista para probarse un vestido y pregunta:
—¿Cuándo lo tendrá listo?
—Dentro de un mes —le responde la modista.
—¿Un mcs? —cxclama la señora—. Y pensar que el mundo se hizo en seis días...
—Sí, claro —dice la modista—, *¡pero no se hizo a medida!*

TRAMPA

Un hombre entra en una ferretería.
—¡Rápido, deme una trampa para ratas! ¡Dese prisa que he de coger el tren!
El dependiente sacude la cabeza y le dice:
—*¡Lo siento, señor, pero esta trampa no creo que le sirva para atrapar trenes!*

¡SIN EXISTENCIAS!

Un hombre entra en una ferretería y le pregunta al dependiente:
—¿Tiene clavos?
—No, no tengo.
—¿Y pintura?
—Pues tampoco tengo.
—¿Y un serrucho?

—Mire señor, si he de serle sincero, no tenemos de nada.
—¡Caramba! ¿Y por qué no cierra de una vez?
—*¡Porque tampoco nos quedan candados!*

CARNICERO DISTRAÍDO

Un carnicero está despachando en la carnicería, cuando entra el novio de su hija y le dice:
—¡Buenos días, vengo a pedirle la mano de su hija!
El carnicero, que tiene la cabeza en otra parte, le responde:
—Muy bien... *¿la quiere con hueso o sin hueso?*

HUEVOS FRESCOS

Un cliente entra a comprar en un colmado.
—Quisiera media docena de huevos.
El dependiente le despacha los huevos y comenta:
—¡Está de suerte señor, me los acaba de traer el granjero; aún están calentitos!
—¡Ah, no —dice el cliente—, *yo los quiero frescos*!

¡Quisiera media docena de huevos!

CHISTES DE VACACIONES

¡MALA SUERTE!

Durante sus vacaciones, un señor está pescando en la playa cuando lo sorprende un temporal.
Vuelve a casa empapado y estornudando sin parar.
Su mujer, al verlo entrar en casa, le pregunta:
—¿Qué has pescado?
—¿Que qué he pescado? *¡Una pulmonía, eso es lo que he pescado!*

VACACIONES EN REMOJO

A su regreso de las vacaciones estivales, un beduino se encuentra con un amigo en mitad del árido desierto.

—¿Qué tal te han ido las vacaciones? —le pregunta el amigo.

—¡Han sido fabulosas! —exclama el beduino con entusiasmo—. *¡No dejó de llover ni un solo instante en quince días!*

EN EL AEROPUERTO

Tres amigos que no han viajado nunca en avión están en el aeropuerto esperando a embarcar para irse de vacaciones.

—¿A qué velocidad creéis que irá nuestro avión? —pregunta el primero.

—¡Yo creo que a 300 kilómetros por hora! —dice el segundo.
—¡Pues yo digo que alcanza los 600 kilómetros por hora! —aventura el tercero.
—¡Anda ya! —exclama el más inexperto de los tres—. *¡¡¡Ni que fuera volando!!!*

GAFAS DE SOL

Un tipo entra en una óptica.
—Buenos días, ¿tienen gafas de sol graduadas?
—¡Lo siento, pero todas las que tengo en stock *aún no han terminado* la *universidad*!

LAS TOALLAS SÍ QUE ERAN BUENAS...

A su regreso de las vacaciones, un tipo muy tacaño se encuentra un amigo.
—¿Qué, cómo te han ido las vacaciones? —le pregunta el amigo.

—El tiempo, horrible, y la pensión era una porquería. El mar quedaba lejísimos, la playa apestaba y la habitación era minúscula. Lo mejor de todo, las toallas...

—¿Y eso? —pregunta, sorprendido, el amigo.

—Eran espléndidas —dice el avaro—, de un excepcional tejido esponjoso, de primera calidad, muy gruesas. *¡Eran tan gruesas que me costó muchísimo cerrar la maleta!*

¡VIVA!

Un explorador en ruta por el desierto del Sahara está muerto de sed.
Tras un gran esfuerzo llega a un oasis, logra arrastrarse con la lengua fuera hasta el pozo y hunde la cabeza en el agua.
Cuando ya ha saciado su sed, exclama la mar de feliz:
—¡Viva, el agua tiene sabor a cloro! *¡Por fin he llegado a la civilización!*

DEPORTES ACUÁTICOS

Un gondolero veneciano llega a su casa hecho polvo y se lamenta ante su mujer:
—¡Ay, si supieras qué me ha pasado! Un turista americano me ha pagado quinientos euros para que lo paseara todo el día en góndola.

—Ah, pues muy bien, ¿no?
—¿Bien, dices? *¡¡¡El tío quería hacer esquí náutico!!!*

EN EL HOTEL

La habitación donde pernocta un turista que está de vacaciones en Sevilla da a una plaza frecuentada por juerguistas que están de fiesta toda la noche. A la mañana siguiente, el recepcionista del hotel le pregunta:
—¿Cómo ha dormido el señor?
—¡Fatal! —se lamenta el cliente—. ¡No he podido pegar un ojo en toda la noche!
—¡Hombre, entonces ha sido culpa suya! *¡Para dormir hay que pegar los dos ojos!*

¡LLUVIA O NIEVE!

Un señor que se ha ido de vacaciones a la montaña está de muy mal humor porque llueve todo el santo día.
—Oiga —le dice al dueño del hotel—, ¿aquí siempre llueve?
Y el hotelero le responde, imperturbable:
—Depende, no siempre... *¡En invierno más bien nieva!*

DE CRUCERO

Una señora muy miope reserva un pasaje en un crucero.
Se instala en su camarote y empieza a colocar toda la ropa que llevaba en la maleta...
Un miembro de la tripulación le pregunta:
—¿Qué tal, señora? ¿Le resulta cómodo el camarote?

—¡Ya lo creo! —exclama la señora, entusiasmada. Señala el ojo de buey y añade—: Además, estos armarios de pared son fantásticos, *¡parece mentira la cantidad de ropa que llega a caber!*

CHISTES DE TRIBUNALES

JUBILACIÓN

Durante una vista, un juez reconoce a un ladrón.

—¡Tú otra vez aquí! ¡Espero que ésta sea la última!

—Señor juez, ¿es que acaso *piensa jubilarse pronto*?

ALEGATO

Tras finalizar el juicio, un abogado le pregunta a su defendido:

—Ahora que ya ha sido absuelto y todo ha acabado bien, dígame, sinceramente: ¿fue usted quien robó el banco?

—¡Señor letrado —le responde el ladrón—, yo diría que sí, pero *su alegato ante el jurado ha sido tan convincente que ya no sé qué pensar*!

EL FONTANERO

Un fontanero va a casa de un abogado a reparar un grifo. Diez minutos más tarde, terminado ya el trabajo, le presenta la factura:

—¡Pues serán mil euros!

El cliente protesta, escandalizado:

—Pero ¿usted qué se ha pensado? ¡Yo, en mi bufete, por una consulta no cobro ni la mitad de lo que me está cobrando!

—¡Qué me va usted a contar! —le responde el fontanero—. *¡¡¡Cuando yo ejercía de abogado, también cobraba la mitad!!!*

PAGO EN ESPECIES

Un acusado contacta con un abogado y le dice:

—Mire, necesito que me defienda, pero no tengo dinero con que pagarle.

—Hombre, entonces ¿yo qué gano?

—Mire, tengo un Ferrari nuevo, si gana el caso se lo doy...

—Muy bien, ¿y de qué le acusan?

—De robar un Ferrari...

EL COLMO DE...

¿Cuál es el colmo de un fiscal?
¡Acusar... cansancio tras un largo juicio!

UNOS CUANTOS CHISTES DE COLMOS

MÚSICO IDO

¿Cuál es el colmo de un músico?
¡Estar sonado!

NOMBRES CURIOSOS

¿Cuál es el colmo de un médico?
¡Tener una hija que se llame Remedios y una esposa que se llame Dolores!

FALTA DE GÉNERO

¿Cuál es el colmo de un farmacéutico?
¡Cerrar la farmacia porque no le queda más remedio!

¡QUÉ FRÍO!

¿Cuál es el colmo de una botella?
¡Resfriarse porque ha dormido destapada!

¿QUÉ ESTÁBAMOS DICIENDO?

¿Cuál es el colmo de una modista?
¡Perder el hilo de la conversación!

SALTO GENERACIONAL

¿Cuál es el colmo de un informático?
¡No poder conectar con sus hijos!

ATACADO DE LOS NERVIOS

¿Cuál es el colmo de un puercoespín?
¡Tener los nervios de punta!

FENÓMENO FAN

¿Cuál es el colmo de un astronauta?
¡Estar al lado de una estrella y no poder pedirle un autógrafo!

ABURRIMIENTO MORTAL

¿Cuál es el colmo de un asesino?
¡Tener que matar el tiempo!

MORIR DE ÉXITO

¿Cuál es el colmo de una funeraria?
¡Que el negocio esté muerto!

INQUEBRANTABLE

¿Cuál es el colmo de un herrero?
¡Tener una voluntad de hierro!

¡QUÉ REVELACIÓN!

¿Cuál es el colmo de un fotógrafo?
¡Tener una actitud negativa!

PELUQUEROS... ¡AL TREN!

¿Cuál es el colmo de un peluquero?
¡Perder el tren por los pelos!

¡SÓLO LAS PUNTAS!

¿Cuál es el colmo de Sansón?
¡Tener ideas descabelladas!

MÁS VELOZ QUE...

¿Cuál es el colmo de la rapidez?
¡Tirarse un pedo en una piscina y salir del agua antes que las burbujas!

LA GALLINA ANALFABETA

¿Cuál es el colmo de una gallina?
¡Tener tantas plumas y no saber escribir!

LIBROS DE HOJA CADUCA

¿Cuál es el colmo de un libro?
¡Que en otoño se le caigan las hojas!

UN LIBRO FELIZ

¿Cuál es el colmo de un libro de mates?
¡No tener problemas!

¡MUY PROFESIONAL!

¿Cuál es el colmo de un humorista?
¡Tomarse el trabajo... demasiado en serio!

AMOR MUDO

¿Cuál es el colmo de un mimo?
¡No tener ni un gesto para con su esposa!

CHISTES DELIRANTES

DELIRANTES

GATOS ABANDONADOS

Un tipo pasea en plena noche por una avenida, y de pronto hace ver que se saca algo del bolsillo y lo escampa por el suelo. Un policía lo ha visto y, como el tipo le resulta sospechoso, decide seguirlo. Al cabo de un rato, picado por la curiosidad, le pregunta:

—Disculpe, ¿podría decirme qué está haciendo?

—¡Hago ver que doy de comer a los gatos abandonados!

—¡Pero, señor mío, si en este barrio no hay gatos abandonados!

Y el hombre le responde, indignado:

—Pues claro que no... *¡por eso lo hago ver!*

JURAMENTO

Una mujer muy fisgona llama por teléfono a una amiga y le dice:

—He de explicarte una cosa, pero tendrás que estar muy muy atenta, ¿de acuerdo? Es que sólo puedo decírtelo una vez, porque... *¡he jurado que no lo repetiría!*

UN CHISTE MUY NEGRO

Un tipo vestido de negro de arriba abajo entra en un restaurante decorado completamente en color negro, cruza un pasillo negro, se sienta a una mesa negra, con manteles negros, cubiertos negros, copas negras, servilletas negras y llama al camarero:

—Quisiera un arroz negro con sepia...
En ese instante aparece otro cliente totalmente vestido de blanco y exclama:
—*Caramba, me parece que me he equivocado de chiste...*

NOMBRES PROPIOS

Un indio piel roja entra en el registro civil y se dirige al empleado:
—Buenos días, quisiera cambiarme el nombre. Mi nombre actual es "Gran caballo de hierro que relincha y corretea por un largo camino de acero que se extiende a través de la inmensa pradera".
—Bien, ¿y cómo le gustaría llamarse?
—*¡Locomotoro!*

ADIVINANZA

¿Qué es la fluta?
¡Lo que clece en los álboles!

LENTAMENTE

¿Cómo se sube una escalera de caracol?
¡Muuuuy lentamente y dejando un poco de baba en cada escalón!

¿TIENE HORA?

—Buenas, ¿podría decirme qué hora es?
—¡Faltaría más!: "Qué hora es".
—¡Muchas gracias!
—*¡De nada, hombre, a mandar!*

UNA PUERTA MISTERIOSA

Un hombre le explica a un psicólogo:

—Doctor, estoy muy preocupado. ¡Preocupadísimo! Siempre sueño lo mismo, que me hallo ante una puerta con un cartel. ¡Empujo, empujo y empujo... pero nada, no hay manera, la puerta no se abre!

El psicólogo le pregunta:

—¿Y qué pone el cartel?

—*¡Tire hacia usted!*

¡VAYA GUSTOS!

Un señor mayor está muy preocupado y va al médico:

—¡Doctor, doctor! ¡Todos me dicen que estoy como una cabra!

—A ver, explíqueme por qué cree que le dicen eso.

—¿Sabe?, ¡yo prefiero los tirantes al cinturón!

El psicólogo lo tranquiliza:
—Si ése es el problema, no hay por qué preocuparse. Hay muchos señores mayores que tienen su misma preferencia. Yo mismo prefiero los tirantes.
El paciente suspira aliviado y le pregunta al médico:
—¿Ah, sí? *¿Y usted cómo los prefiere, hervidos o fritos?*

¡Menuda receta!

HUEVOS DE PASCUA

En mayo, un hombre acude a la consulta de un psicólogo.
—¡Doctor, doctor, doctooor! ¡Mi esposa me tiene muy preocupado! ¡Lleva meses convencida de que es una gallina!
El psicólogo sacude la cabeza y lo reprende:
—¿Y se puede saber por qué ha tardado tanto en venir?
—Tiene razón, tendría que haberle pedido ayuda antes, ¡pero es que *quise aprovechar para tener huevos de Pascua*!

LOS DOS A LA VEZ

Un hombre acude a la consulta de un psicólogo.
—Doctor, tengo un problema grave: ¡estoy convencido de que soy dos personas!
—¿Podría repetírmelo, por favor? *¡Y dejen de hablar los dos a la vez!*

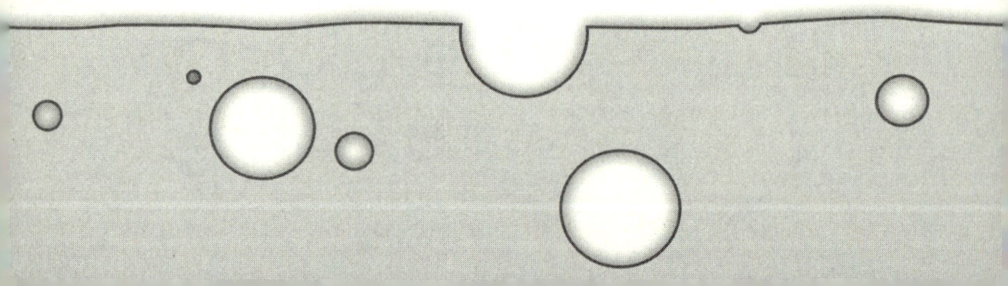

CHISTES DEL CAJÓN DE SASTRE

CAJÓN DE SASTRE

EN LA ÓPERA

Una familia va a la ópera por primera vez, y al cabo de un rato, el más pequeño le pregunta a su padre:

—Papá, ¿quién es ese señor que asusta a la señora con esos gestos tan extraños?

—No quiere asustarla, y hace esos gestos porque está dirigiendo la orquesta —le explica el padre.

El niño sacude la cabeza, perplejo, y por fin dice:

—Entonces, si la señora no tiene miedo, *¿por qué grita?*

DESTINO

Una madre le dice a su hija:

—Si te portas bien, irás al cielo. Si te portas mal, irás al infierno.

La niña se queda pensativa y por fin pregunta:

—*¿Y para ir al circo, qué tengo que hacer?*

REDACCIÓN DE VERANO

Primer día de escuela. La profesora le pregunta a un niño:

—¿Y tú, guapo, qué has hecho durante las vacaciones?

—Nada del otro mundo. En cualquier caso, *¡nada que merezca ser escrito en una redacción!*

BUENA DENTADURA

—Abuela, ¿tienes buena dentadura?
—No, hijo mío, por desgracia no.
—¡Perfecto, *entonces puedes guardarme los caramelos*!

BUENAS NOTICIAS

Un niño llega a casa con las notas de fin de curso.
—¡Papá, papá, te traigo buenas noticias! ¿Recuerdas que me prometiste cincuenta euros si aprobaba el curso?
El padre asiente, emocionado:
—¡Pues ya puedes estar contento, porque *vas a ahorrarte un montón de dinero*!

DOCE PLÁTANOS

En el mercado, un niño pide una docena de plátanos.

—¿Tanto te gustan los plátanos, guapo? —le pregunta la frutera.

—La verdad es que no demasiado —responde el niño.

—Y entonces ¿por qué los compras?

—¡Verá, mis padres me han regalado un botiquín de primeros auxilios, y para poder estrenarlo se me ha ocurrido tirar al suelo todas estas pieles de plátano y *esperar a que alguien se caiga*!

CAJÓN DE SASTRE

BESOS

Una madre y su hijo pasean por el bulevar. Al cabo de un rato encuentran a una amiga de la madre, que es una señora muy guapa.

Las dos señoras se saludan y la madre le dice a su hijo:

—¡Vamos, Fran, dale un besito a la señora!

—¡No, no quiero!

—¡Venga, no seas maleducado! ¿Por qué no quieres darle un beso?

—*¡Porque papá lo intentó ayer y la señora le dio una bofetada!*

UN DESEO

Un padre pasea con su hijo por la playa al anochecer. De pronto ven una estrella fugaz.

—¡Espero que hayas tenido tiempo de pedir un deseo! —le dice el padre al hijo.

—Sí, y yo espero que se cumpla, porque si no, sacaré un cero en geografía.

—¿Ah, sí? ¿Y qué deseo has pedido?

—*¡Que Londres se convierta en la capital de Italia antes de que la profesora corrija los exámenes!*

HOJA EN BLANCO

Marquitos le dice a su compañera de clase:

—He entregado la hoja del examen en blanco.

—¡Vaya! —dice la niña—. Yo también. *¡Ahora la señorita se pensará que hemos copiado!*

JUGAR CON CERILLAS

Un padre muy enfadado regaña a su hijo:

—Vicentín, ¿cuántas veces he de decirte que no juegues con cerillas? ¿Qué tengo que hacer para que me hagas caso?

—No sé, papá... *¿comprarme un encendedor?*

LOCURA PRECOZ

—¡Mamá, mamá, en el colegio me han dicho que estoy loco!

—¡Qué fuerte, hijo mío! ¿Y quién ha sido?

—*¡La papelera!*

ANUNCIOS

Una niña le pregunta a su madre:
—Mamá, ¿cómo conociste a papá?
—Puse un anuncio en una revista.
—¿Ah, sí? ¿Y cuánto te costó el anuncio?
—Diez euros.
—*¡Claro, por ese precio tampoco podías aspirar a gran cosa!*

ACUARIO

Un niño está cavando un gran agujero en el jardín de su casa. El vecino lo ve y le pregunta:
—¿Qué estás haciendo, guapo?
—Estoy cavando una tumba para enterrar a mi pececito, que se murió ayer.
—Pero ¿por qué excavas un agujero tan grande para un pez tan chiquitín?
—*¡Es que resulta que mi pececito está dentro del canalla de tu gato!*

CAJÓN DE SASTRE

ZUMITO NATURAL

—¿Me pone un zumito de naranja, por favor?

—¿Natural?

—De Logroño, pero vamos, que eso no creo que importe mucho...

VISITA AL ZOO

Montse va al zoo con su tía y se detienen delante de los gorilas.

—¡Mira, tía, ese gorila se parece mucho a ti!

—¡Quieres hacer el favor de callar! ¡Esas cosas no se dicen!

—No te pongas así, tía, seguro que el gorila no se enfadará... *¡No puede entenderme!*

¿QUIERES VER PUBLICADO TU CHISTE FAVORITO?

¡ENVÍANOSLO!

Los mejores chistes que recibamos
se incluirán en el libro
Los chistes más morrocotudos. Número 3.
Todos los participantes entrarán
en el sorteo de un premio...
¡superratónico!

Entra en **www.clubgeronimostilton.com**
para saber cómo participar. ¡No olvides
indicar tu nombre completo y decirnos
desde dónde nos escribes!

Palabra de Stilton.

Geronimo Stilton